Contents

スキル

▶異世界言語
異世界の言葉が日本語で聞こえる。

話すと異世界の言葉として相手に伝わる。

▶異世界文字
異世界の文字が読める。

書いた文字が異世界の文字になる。

▶クマの異次元ボックス
白クマの口は無限に広がる空間。どんなものも入れる（食べる）ことができる。

ただし、生きているものは入れる（食べる）ことはできない。

入れている間は時間が止まる。

異次元ボックスに入れたものは、いつでも取り出すことができる。

▶クマの観察眼
黒白クマの服のフードにあるクマの目を通して、武器や道具の効果を見ることができる。

フードを被らないと効果は発動しない。

▶クマの探知
クマの野性の力によって魔物や人を探知することができる。

▶クマの召喚獣
クマの手袋からクマが召喚される。

黒い手袋からは黒いクマが召喚される。

白い手袋からは白いクマが召喚される。

召喚獣の子熊化：召喚獣のクマを子熊化することができる。

▶クマの地図 ver.2.0
クマの目が見た場所を地図として作ることができる。

▶クマの転移門
門を設置することによってお互いの門を行き来できるようになる。

３つ以上の門を設置する場合は行き先をイメージすることによって転移先を決めることができる。

この門はクマの手を使わないと開けることはできない。

▶クマフォン
遠くにいる人と会話ができる。

作り出した後、術者が消すまで顕在化する。物理的に壊れることはない。

クマフォンを渡した相手をイメージするとつながる。

クマの鳴き声で着信を伝える。持ち主が魔力を流すことでオン・オフの切り替えとなり通話できる。

▶クマの水上歩行
水の上を移動することが可能になる。

召喚獣は水の上を移動することが可能になる。

▶クマの念話
離れている召喚獣に呼びかけることができる。

魔法

▶クマのライト
クマの手袋に集まった魔力によって、クマの形をした光を生み出す。

▶クマの身体強化
クマの装備に魔力を通すことで身体強化を行うことができる。

▶クマの火属性魔法
クマの手袋に集まった魔力により、火属性の魔法を使うことができる。

威力は魔力、イメージに比例する。

クマをイメージすると、さらに威力が上がる。

▶クマの水属性魔法
クマの手袋に集まった魔力により、水属性の魔法を使うことができる。

威力は魔力、イメージに比例する。

クマをイメージすると、さらに威力が上がる。

▶クマの風属性魔法
クマの手袋に集まった魔力により、風属性の魔法を使うことができる。

威力は魔力、イメージに比例する。

クマをイメージすると、さらに威力が上がる。

▶クマの地属性魔法
クマの手袋に集まった魔力により、地属性の魔法を使うことができる。

威力は魔力、イメージに比例する。

クマをイメージすると、さらに威力が上がる。

▶クマの電撃魔法
クマの手袋に集まった魔力により、電撃魔法を使えるようになる。

威力は魔力、イメージに比例する。

クマをイメージすると、さらに威力が上がる。

▶クマの治癒魔法
クマの優しい心によって治療ができる。

▶ CHARACTERS_VOL. 15

クリモニア

フィナ

ユナがこの世界で最初に出会った少女、10歳。母を助けてもらった縁で、ユナが倒した魔物の解体を請け負う。ユナになにかと連れまわされている。

シュリ

フィナの妹、7歳。母親のティルミナにくっついて「くまさんの憩いの店」なども手伝うとってもけなげな女の子。くまさん大好き。

ティルミナ

フィナとシュリの母。病気のところをユナに救われる。その後ゲンツと再婚。「くまさんの憩いの店」などのもろもろをユナから任されている。

ゲンツ
クリモニアの冒険者ギルドの魔物解体担当官。フィナを気にかけており、のちティルミナと結婚。

ノアール・フォシュローゼ

愛称はノア、10歳。フォシュローゼ家次女。「クマさん」をこよなく愛する元気な少女。

クリフ・フォシュローゼ
ノアの父。クリモニアの街の領主。ユナの突拍子もない行動に巻き込まれる苦労人。きさくな性格で、領民にも慕われている。

シェリー

孤児院の女の子。手先の器用さを見込まれ裁縫屋さんで修業中。ユナから、くまゆるとくまきゅうのぬいぐるみ作製の依頼も受ける。

ボウ
孤児院院長。補助金が打ち切ら孤児院が困窮したときも、献身的に支えてきた。

リズ
孤児院の先生。院長のボウと一緒に子供たちをしっかり育てている。

テモカ
クリモニアの街の裁縫屋。シェリーが弟子入りしている。

ナール
テモカの妻。旦那の裁縫屋で、接客などの手伝いをしている。

モリン
元王都のパン屋さん。店のトラブルをユナに助けられ、その後「くまさんの憩いの店」を任される。

カリン
モリンの娘。母と一緒に「くまさんの憩いの店」で働くことに。母に負けずパン作りが上手。

ネリン
モリンの親戚。モリンを訪ね王都へと来たところ、ユナに出会う。のち、モリンの店のケーキ担当に。

アンズ

ミリーラの町の宿屋の娘。ユナからその料理の腕を見込まれ勧誘を受ける。父の元を離れ、クリモニアで「くまさん食堂」を任されることに。

ニーフ
アンズの店で働くためシーリンの町からクリモニアの街にやってくるが、孤児院で働くことに。

セーノ
アンズの店で働くためやってきた一番年下の女性。

フォルネ
アンズの店で働くためやってきた、アンズやセーノさんのお姉さん的な存在の女性。

ベトル
アンズの店で働くためやってきた、真面目な女性。

ルリーナ
デボラネとパーティーを組んでいた女性冒険者。ユナの店の護衛につくなど、ユナと親好を深める。

ギル
デボラネのパーティーの無口な冒険者。のちデボラネと別れ、ルリーナとの行動が多くなる。

王都

シア・フォシュローゼ
ノアの姉、15歳。ツインテールで少し勝気な女の子。王都の学園に通う。
ユナが、ノアの護衛で王都に来たときに知り合う。

シーリン

ミサーナ・ファーレングラム
愛称はミサ。国王の生誕祭へと向かう道中、魔物に襲われているところをユナに助けられる。10歳の誕生日パーティーにユナたちを招待した。

グラン・ファーレングラム
ミサの祖父。王都への道中、魔物に襲われていたところをユナに救われる。シーリンの街領主。

マリナ
グランの護衛をしていた女性冒険者。ユナとはミリーラの町で再会。一緒にビッグモグラ退治をした。

エル
マリナのパーティーの巨乳の魔法使い。ミリーラの町でユナと再会したときは名前を忘れられていた。

ミリーラ

アトラ
ミリーラの町冒険者ギルド、ギルドマスター。少しやさぐれているところがあったが、ユナのおかげで町が平穏を取り戻すと精力的に働く。

クロ爺
ミリーラの町の長老の1人。町のことをクリフにとりなしてもらえるようユナに頼む。

デーガ
ミリーラの町宿屋主人。アンズの父。海鮮料理の腕前でユナを感動させる。

ダモン
ユナが初めて海へ向かう道中で助けた、ミリーラの町の漁師

アナベル
ジェレーモの教育係。

セイ
ミリーラの町冒険者ギルドの職員。ギルドマスターのアトラから、小間使いのように使われている。

ジェレーモ
ミリーラの町商業ギルド職員。町が平穏になると、その人柄を買われギルドマスターになる。

ユウラ
ダモンの妻。ダモンをきっちり取り回す、パワフルな女性。

▶KUMA KUMA KUMA BEAR_VOL.15

あらすじ

孤児院の子供たち、フィナ一家、お店の従業員、ノアとシアにミサなどなど…大所帯でミリーラの町への旅行を満喫中のユナたち。海水浴はもちろん、海鮮グルメや釣りなど、いくら遊んでも時間が足りないくらい♪

アトラをはじめ町の面々への挨拶をすませたユナは、ミリーラ沖に突如現れたという謎の"動く島"の話を聞く。未知の島への好奇心が抑えられず、みんなの目を盗むべくある遊具を作り出すのであった!

想像を超えた不思議な島、襲い来る強力モンスター……ユナたちは、無事旅行を終えることができるのか!?

異世界クマっ娘冒険譚、おなじみメンバー大集合&バカンスと冒険の第15弾!

379 クマさん、挨拶回りに行く　その1（3日目）

ぺちぺち、ぺちぺち。

顔に柔らかいものが触れる。

わたしは引き寄せて抱きかかえる。

「くぅ〜ん」

腕の中で何かが鳴く。

目を開けてみると、胸の中に白いぬいぐるみ……ではなく、くまきゅうがいた。

どうやら、起こしてくれたところを、わたしが引き寄せてしまったみたいだ。

そして、くまゆるはわたしを、背中側から一生懸命に起こしてくれていた。

「くまゆる、くまきゅう、おはよう」

ベッドから降り、カーテンを開けると、陽が入ってくる。窓から覗くと、綺麗な青空が広がっている。

絶好の海水浴日和だ。


今日は船に乗る子供たちと、町に行く子供たちに分かれる予定になっている。

全員が船に興味があるわけではないので、基本、自由行動とした。

「ユナさんとフィナは本当に船に乗らないんですか？」

わたしとフィナとシュリは、前にお世話になった町の人たちに挨拶に行くことになっている。

昨日、ティルミナさんの話を聞いて、わたしも会いに行ったほうがいいと思ったためだ。

アンズには「ユナさんもお父さんに会いに行くんですか!?」と言われたが、ティルミナさんの言葉じゃないけど、大切な娘さんを預かっているからには挨拶に行ったほうがいいと思う。

昨日、ティルミナさんと一緒に行けばよかったと思ったりしたけど、夫婦の邪魔をしたくなかったんだよね。

「それに船なら、前に来たときに乗せてもらったからね」

「そうでした。フィナも、すでにミリーラの町に来たことがあるんですよね」

ノアは少し、羨(うらや)ましそうにフィナを見る。

「そのときに、お世話になった人たちがいるから、わたしたちは会いに行ってくるから、ノアたちは楽しんできて」

「ユナさんたちと一緒に船に乗れないのは残念ですが、分かりました」

そして、船に乗るノアたちや町に出かける子供たちはクマビルを出ていった。

ちなみに、大人組で船の乗るのはモリンさん、カリンさん、ネリン。それから、子供の世話をするリズさん。ノアたちの護衛をするマリナとエル。船に乗りたがったルリーナさんと、それに付き添う感じでギル。ティルミナさんとゲンツさんも船に乗るそうだ。

町の散策には地元組であるアンズ、セーノさん、フォルネさんにベトルさんにニーフさんが引率してくれることになった。院長先生はクマビルに残るつもりだったらしいけど、アンズや子供たちに誘われて、町を散策することになっていた。

そんな出かける子供たちを、3階の自分の部屋から手を振って見送る。

これでクマビルに残っているのはわたしとフィナ、シュリの3人だけになった。

「本当に2人は行かないでいいの？　シュリは船に乗りたかったんじゃないの？」

デーガさんに会いに行く話をフィナたちにしたら、フィナとシュリもついてくると言いだした。

「わたしは、ユナお姉ちゃんと一緒に行きます」

「うん、お船に乗りたかったけど、デーガおじちゃんにも会いたいから」

そんなわけで、わたしはフィナとシュリを連れて、デーガさんの宿屋に向かう。

クマビルからのんびりと散歩しながら向かう。今日も快晴だ。海も穏やかで、船に乗るにはいい日かもしれない。

町中に入ると、町の人に見られるが、王都と違った視線だ。王都の場合は「なんだろう？」と興味津々といったものだけど、ミリーラの町だと、感謝の視線のような感じだ。

でも、取り囲まれるってことはない。

なんでも、わたしに迷惑をかけないって町の人々の間には約束事があるらしい。

大げさなような気もするけど、囲まれるよりはいい。


そして、何事もなく宿屋に到着すると、筋肉が出迎えてくれる。

「いらっしゃい。うん？　クマの嬢ちゃんじゃないか」

「デーガさん、久しぶり」

わたしが挨拶をするとフィナとシュリも頭を下げて挨拶する。

「おう、嬢ちゃんたちも元気そうだな。昨日、アンズがいきなり帰ってきたから驚いたぞ」

「手紙はなかったの？」

「手紙はあったが、戻ってくるとは書いてなかった。そんなことを書くと心配かけると思ったんだろうな。アンズもこんなに早く町に戻ってくるとは思っていなかったみたいだしな」

そういえば、そんなことを言っていたっけ。

「嬢ちゃんがミリーラに来ていると知ったときは、会いに行こうと思ったんだが、忙しくてな」

「やっぱり、お客さんが多いの？」

「ああ、あのトンネルのおかげで人の行き来が増えた。そのおかげで、毎日たくさんの客が泊まっている」

「もしかして、アンズが必要？」

戻ってきてほしいと言われたら困る。

でも、デーガさんとアンズの気持ちは優先したい。

「昨日、この話を聞いたアンズが戻ってこようかと言い出した」

「そうなの!?　昨日も今日も、そんなことは言っていなかったけど」

アンズには昨日も今日も会っている。でも、そのような素振りはなかった。

「アンズお姉ちゃん、いなくなっちゃうの？」

アンズが帰りたいと言えば、強く引き留めることはできない。

デーガさんは悲しそうにするシュリの頭の上に大きな手を乗せる。

「ちゃんと断ったから大丈夫だ。あいつは嬢ちゃんに店を任されているんだ。そんなに簡単に辞めて戻ってくるなんて言うなと言ってやった。それに、ティルミナさんって女性から、アンズが楽しそうにやっていることは聞いた。それにアンズ本人の顔を見れば、今の生活が楽しいことは分かる。もし、苦労して、辛そうだったら連れ戻したけどな」

「そこは、一人前になるまで戻ってくるなって、言うところなんじゃない？」

「可愛い娘に、そんなことを言えるか！　息子なら尻を蹴って追い返すけどな」

どうやら、どこの世界の父親も娘には甘いらしい。

「でも、俺がそんなことを言ったなんて、言うなよ。恥ずかしいからな」

筋肉親父が恥ずかしそうにしても、萌えないから、そんな顔はしないで。

「だけど、アンズはちゃんとやっているようで、安心している」

話はティルミナさんだけではなく、宿に泊まるお客さんからもクリモニアでのアンズの様子を耳にするそうだ。「くまさん食堂」はそれなりに有名らしい。それにミリーラからクリモニアに行く者からも話を聞いているという。

どうやら、アンズに関しての情報はデーガさんには筒抜けになっているみたいだ。

まあ、宿屋だし、特に口止めをしてないから、情報を集めようと思えば、難しくないだろう。

でも、つまりこれってアンズのお店に来るってことは、デーガさんの情報もアンズに流れているってことにならないかな？

まあ、お互いに情報が入るのはいいことだ。心配することもなくなるだろうしね。

それから、クリモニアでのアンズのことを話したわたしたちは、宿屋を後にした。


「次はアトラさんのところに行くんですか？」

「前回、顔を出さなかったら怒られたからね」

そもそも、顔を出さなかっただけで、怒られる理由が分からない。

別に用事がなければ、会わなくてもいいんじゃないかって思うのは、わたしがボッチ生活が長かったせいかもしれない。

普通、近くに寄ったら、挨拶に行くぐらいはするのかな？

そんなわけで、アトラさんに会うために冒険者ギルドにやってきた。

わたしが冒険者ギルドの中に入ると、久しぶりに好奇の視線が集まる。

「どうして、クマがここに？」

「おまえ、知らないのか。クマの嬢ちゃんはお店の従業員と旅行に来ているんだよ」

冒険者の一人が自慢気に話す。

「なんで、おまえはそんなことを知っているんだよ」

そうだよ。なんで知っているのよ。

「お店の休日のチラシを見たからな。確認済みだ。俺はあのパン屋と食堂のお得意様だからな」

告知を知っているってことは、最近クリモニアからミリーラの町に来たのかな？

それだけ簡単にミリーラの町と行き来できるようになったってことだ。

わたしが受付でアトラさんのことを尋ねようとしたとき、ギルド内にいた、男性ギルド職員がわたしに気づいてやってくる。

えっと、確か、この人は。

「ユナさん。久しぶりです」

名前、名前、わたしは頭をフル回転させる。

アトラさんの側にいて、宿屋にも来てくれたギルド職員。

「セ、セイさん、お久しぶり」

危ない、危ない。一瞬、名前が出てこなかったよ。

セイさんはそれに気付かなかったのか、気付かないふりをしているのか、笑顔で対応してくれる。

「アトラさんはいる？　ミリーラに来たから、挨拶をと思ったんだけど」

「はい、いますよ。奥の部屋へどうぞ」

セイさんの案内で、アトラさんがいる奥の部屋に向かう。

すれ違う他のギルド職員からは、お辞儀をされる。だから、そんなのはいらないって。わたしはフィナとシュリを連れて、急いで部屋の中に入る。

「なに？　仕事なら、午後に回して」

アトラさんは書類に目を向けたまま、わたしたちに向かって言う。

「ギルマス、違いますよ。ユナさんが来てくださったんですよ」

「ユナが？」

セイさんが答えると、机に向かって事務作業をしていたアトラさんが顔を上げる。

「ユナ！　それにフィナにシュリも！」

「アトラさん、久しぶり」

わたしが挨拶をすると、フィナとシュリも挨拶をする。

アトラさんは相変わらず露出の多い格好をしている。自分のスタイルに自信があるから、できるんだよね。とてもじゃないが、わたしにはできない格好だ。

「ミリーラに来ていたの？」

どうやら、アトラさんはデーガさんと違って、わたしが来たことを知らなかったみたいだ。

セイさんは「お茶を持ってきますので、ゆっくりしていってください」と言うと部屋から出ていく。

「2日前にね。それで前回、挨拶に来なかったことで文句を言われたから、来たんだよ」

「別に文句なんて言っていないわよ。あれだけ世話をしたのに、顔を出さなかったユナが悪いんでしょう」

だから、今回はこうやって顔を出している。

「それで、どうしたの？　また、2人を連れて遊びに来たの？」

わたしは来た理由を簡単に説明する。

「子供たちを連れて、従業員旅行ね。ユナは変なことをするわね」

やっぱり、変なのかな？

まあ、他人から変と思われてもかまわない。わたしがしたいだけだ。他人に迷惑をかけているわけじゃない。そう思った瞬間、ティルミナさんの顔が頭に浮かぶ。わたしは首を左右に振って、ティルミナさんを頭から追い払う。

今日だって、子供たちも今回の旅行を楽しんでいるはずだから、問題はないはずだ。ティルミナさんも今回の旅行を楽しんでいるはずだから、問題はないはずだ。ティルミナさん曰く、魚介類をどうやって捕るかを聞いたりするためよ、と言っていた。絶対に楽しんでいるよね。

「そういえば、昨日、ティルミナさんとゲンツさんって人来なかった？」

冒険者ギルドにも行ったと聞いたけど。

「ティルミナ、ゲンツ？　ああ、来たわよ。クリモニアの冒険者ギルドの仕事だって言って」

「ちなみに、この2人の両親だよ」

「そうだったのね。知っていれば、ユナの話も聞けたのに残念ね」

「それにしても忙しそうだね」

わたしは机の上に乗っている書類を見る。

「まあね。町の警備の仕事も冒険者ギルドに回されて、少し忙しいのよ」

「警備隊はいないの？」

「一応、小さな警備隊はあるけど、町に来る人が増えて、足りないのが現状ね。それで、冒険者ギルドで町の警備の依頼を受けているのよ」

「別にそれぐらいだったら」

「警備隊の管理の仕事も、わたしがやっているのよ」

「そうなの？」

「冒険者を管理しているわたしが警備の管理を引き受けると色々と手間が省けるのよ。それに、警備隊じゃ処理できない案件を冒険者に頼んだり、町の周囲の魔物の情報の伝達も早くなるから、メリットも大きいの。ただ、デメリットはわたしが忙しくなることだけどね」

アトラさんは笑いながら言うが、嫌そうには見えない。

「それに、今はどこも人手が足りないからできる範囲で手伝わないといけないしね」

人手は増えているが、その分仕事も増えているらしい。

「そういえば、アトラさんに聞こうと思っていたんだけど。どうして、わたしの家の周りは整地されていないの？」

わたしの家の周辺は木々が伐採されずに残っている。細い道の左右は森林に囲まれ、道は石畳が敷かれ、進んでいくとクマビルがある。現状を表すなら、クマビルはお寺や神社のようになっている。

「ああ、あれね」

アトラさんはわたしから視線をゆっくりと逸らす。

「あそこはあのままにしようって話になったのよ」

「なんで？」

「だって、あんなものを建てられたら、近くに建物なんて建てられないわよ。誰も建てたがらないし、建てることが許されない雰囲気になって、あのままになったのよ」

つまり、クマビルが悪いと。

「それに周囲に木々があれば目立たないでしょう」

確かにすぐには気づかない。でも、逆にあそこだけ森林があるから目立つ。そして、あの綺麗に舗装された道。あの道の前を通れば、嫌でもクマの顔が見える。

壁を高くすれば見えなくなるかな？

「ユナがどうしても嫌だって言うなら、町の住民にはユナから言ってね」

この人、面倒だからって放りだしたよ。

わたしだって面倒だ。住民を説得してまで、家の周りを整地してもらうつもりはない。

「みんな、ユナには感謝しているから、嫌がることは絶対にしないっていう雰囲気になっているのよ。だから、決して嫌がらせとかじゃないから、そこは分かってね」

それは昨日の漁師たちを見れば分かる。わたしにお礼をしたい気持ちと迷惑にならないようにする行動が見えた。

クラーケン討伐やトンネルのことは本当に気にしなくていいのに。

クラーケン討伐はお米と醤油、味噌のため。トンネルは魚介類の流通ルートの確保と、アンズを呼ぶためにしただけだ。だから、そこまで気にかけることはない。

でも、今さら本当のことを話せるわけもなく、現状を受け止めるしかなくなった。

380 クマさん、挨拶回りに行く その2（3日目）

冒険者ギルドを後にしたわたしたちは、お米と魚介類を定期的にお店に届けてもらっているお礼をするため、ジェレーモさんに会いに商業ギルドに向かう。

わたしが商業ギルドの中に入ると、冒険者ギルド同様に視線を集める。

「クマ？」「クマの嬢ちゃん？」「クマの嬢ちゃんが来たぞ」「海で泳いでいるって聞いたぞ」「あの格好でか？」「あの格好で海にいたらしいぞ」「暑くないのか」「流石（さすが）クマの嬢ちゃんだ」

なにが、流石なのか分からないけど。わたしが海にいたことを知っていたみたいだ。

それにしても、商業ギルドの中は思っていたよりも人が多く、活気がある。

わたしはジェレーモさんのことを聞くために、ギルド職員がいる受付に向かうと、見知った女性がやってきた。

「騒がしいと思いましたら、ユナさんが来ていたんですね」

現れたのはジェレーモさんをギルマスとして教育するために、クリモニアからやってきたアナベルさんだ。

まだ、ミリーラにいたんだね。

「アナベルさん、お久しぶりです」

「お話は伺っています。ユナさんのお店で働いている子供たちを連れて、ミリーラに遊びに来たんですよね。子供たちに仕事を与えるだけでなく、働く者に対して思いやる心を持つユナさんは優しいですね。他の商人たちにも見習ってほしいものです」

アナベルさんがチラッと周囲を見ると、商人と思われる人たちは視線を逸らす。

「一生懸命に仕事をしてくれるお礼だよ。それに効率よく仕事をするには、息抜きも必要だからね」

それに毎日が同じことの繰り返しではつまらない。生活にはメリハリが必要だ。だから、年に数回は息抜きをさせてあげたいところだ。

「ふふ、普通はお店の利益を考えると、できませんよ」

まあ、利益なんて赤字さえ出なければいいと思っている。でも、ティルミナさん曰く、みんなのおかげで売り上げは順調に伸びているらしい。

だから、多少休んでも、何も問題はない。これで、気持ちをリフレッシュして仕事をしてくれればいい。

「でも、アナベルさん。まだ、こっちにいたんですね」

「ええ、クリモニアに戻ることも考えたんですが、ミレーヌさんに頼んで、こっちの商業ギルドで働かせてもらうことにしました」

「あれ、でも結婚して小さなお子さんもいるんですよね？」

「ええ、だから、夫と子供もこっちに呼びました」

アナベルさんはチラッと、職員がいるほうを見る。すると、奥にいる細身の男性職員が頭を下げる。

「もしかして、旦那さんですか？」

優しそうな男性だ。でも、アナベルさんに尻に敷かれていそうだ。でも、長い間離れているよりは、一緒に暮らしたほうがいい。子供のためにもなる。

「旦那さんも商業ギルドで働いていたんですね」

「ええ、商業ギルドで知り合って、お互いひと目惚れしちゃって……。ってユナさん、何を言わせるんですか！」

いや、別にそこまで聞いていない。勝手に話したのはアナベルさんだ。ノロケ話なんて、わたしだって聞きたくない。

でも、一緒にミリーラまで来てくれる旦那さんは人が良さそうだ。

「まあ、こちらにいようと思ったのは、ギルド職員にお願いをされたからでもあるんですけどね」

アナベルさんはギルド職員たちを軽く見て、ため息を吐く。

「俺たちじゃ、アナベルさんがいなくなったあとのジェレーモさんを制御できないです」

「アナベルさんにはいてもらわないと困ります」

どうやら、アナベルさんはミリーラのギルドでは必要とされているみたいだ。

「そんなわけで、残ることにしたんです」

「ジェレーモさん、ギルマスとして、ダメなんですか？」

「そんなことはないですよ。ギルマスとしての素質はあります。ただ、サボリ癖があるのが問題です。ちょっと目を離すと部屋から抜け出そうとする。でも、町の人からの人望だけはあります。顔も広いし、ジェレーモさんがお願いすれば、大概は了承してくれます。サボリ癖さえなければ優秀なギルマスになりますよ」

そんなことをクロお爺ちゃんたちも言っていたっけ。

町の人に慕われていることは、上に立つ者にとって必要な素質かもしれない。

「そのジェレーモさんはいますか？　一応、挨拶に来たんですが」

「奥の部屋で仕事をしていますから、案内します」

アナベルさんはそう言うとジェレーモさんがいる部屋に案内してくれる。でも、部屋の中に入ると、ジェレーモさんの姿はなく、あるのは机の上の書類の山と、開いた窓だった。

「あの人は……」

頭を抱えるアナベルさん。

えっと、つまり、仕事を放り出して逃げたと。

「はぁ、ユナさんたちは椅子に座って待っていてください。今、飲み物を用意しますので」

「捜しに行かないでいいんですか？」

「すぐに戻ってきますよ」

そう言うと、アナベルさんは部屋から出ていく。

「ユナお姉ちゃん、待つんですか？」

「どうしようか？」

アナベルさんはすぐに戻ってくると言っていたけど、先にクロお爺ちゃんに会ってから、戻ってくるのもありだ。どうしようかと思っていると、シュリが騒ぐ。

「お姉ちゃん！　ユナ姉ちゃん！　窓に変な人が」

「窓？」

窓を見ると、ジェレーモさんが入ってくるところだった。

わたしたちの視線とジェレーモさんの視線が合う。

「どうして、クマの嬢ちゃんたちがここに？」

「ジェレーモさんに挨拶に来たんですよ。そしたら、いないし」

「それはすまない。ちょっと、息抜きに外を歩いていた」

ジェレーモさんは窓枠を乗り越えて部屋に入ってくる。

「アナベルさん、怒っていましたよ」

「本当か？　この時間なら自分の仕事をしていて、部屋に来ないはずなんだが」

どうやら、そこまで計算して抜け出しているみたいだ。

「たぶん、わたしのせいだね。わたしを案内するために部屋に入ったから、ごめんね」

「いや、嬢ちゃんのせいじゃないから、気にしないでくれ。そうだな。……トイレに行っていたことにするから大丈夫だ」

「あら、窓からトイレに行っていたんですか？」

部屋の入り口には飲み物を運んできたアナベルさんが立っていた。ジェレーモさんは困った表情をする。

「そのですね。トイレが、こっちのほうが近かったから」

「でも、トイレならドアを出てすぐですよ」

アナベルさんは無表情で答えると、わたしたちの前に飲み物を置いてくれる。

「その緊急事態で」

「つまり、外でしたと」

「外でしたの？」

ジェレーモさんはアナベルさんの軽蔑する目とシュリの純真無垢な目で見られる。

「し、してない。嘘だから」

流石にシュリには嘘を言うことができず、素直に答える。サボったことはバレバレなのに、どうして嘘を吐こうとするかな？

ジェレーモさんはバツが悪そうに椅子に座ると、色々と考え出す。

「そういえば、昨日、ティルミナさんって女性が挨拶に来たが、嬢ちゃんと関係ある人なんだよな?」

どうやら、話題を逸らしたいらしい。

わたしも話題逸らしはよくするので、人のことは言えない。だから、今回はジェレーモさんに乗ってあげることにする。

「うん、うちの店で働いてもらっている人だよ。あと言えば、この子たちの母親だよ」

お茶を飲んでいるフィナとシュリに視線を向ける。

「そうか。それで嬢ちゃんは、俺になにか用なのか?」

「用ってわけじゃないけど、いつも優先的に良い魚介類やお米を送ってもらっているから、お礼を言いに来たんだよ」

ミリーラからクリモニアに送られてくる魚介類は、わたしのお店へ優先的に質のいいものが回されているとアンズから聞いている。別にわたしから頼んだわけじゃないけど。アンズが言うには魚を見れば分かるらしい。

「それは俺の指示じゃない。漁師たちが勝手にやっていることだ」

「そういえば、ユナさんのお店に送る魚のことで喧嘩している漁師の姿を見たことがありますね。俺の魚の方が大きいとか、身が締まって美味しいとか」

アナベルさんが思い出したかのように教えてくれる。良い物を送ってくれるのは嬉しいけど、喧嘩はやめてほしい。

でも、喧嘩を見たクロお爺ちゃんが止めに入ったらしい。

本当にクロお爺ちゃんには迷惑をかけっぱなしだ。クロお爺ちゃんが元気に長生きすることを願うばかりだ。神聖樹のお茶でもプレゼントしようかな。

「でも、働いている子供たちのために休みを与えて、みんなで遊びに来るなんて、どこかのギルド職員にも見習ってほしいものだな」

どこかで聞いたことがある台詞をジェレーモさんが口にする。

「それはわたしのことですか？　休みなら3日前にあげたでしょう」

「あれは視察だろう。あっちこっちに顔を出して」

「ジェレーモさんが外に行きたいと言ったから、そのようにしただけです。それに現場のことを知っておくのもギルドマスターとしての役目です」

現場を知らない上司ほど役に立たない、という話はたまに聞く。

「だから、それは仕事だろ」

「でも、行った先でお酒を飲んでいますよね？」

「な、なんで、そのことを……」

「知っています。でも、息抜きと思っていますから、怒っていないでしょう」

確かにお酒を飲んでいれば、仕事であって仕事じゃないかもしれない。問題はジェレーモさんの気持ち次第だろう。嫌々お酒に付き合うのと、喜んでお酒に付き合うのとでは違う。

わたしだって、ゲーム内で嫌々付き合うこともあれば、喜んで付き合うこともあった。

そう考えると付き合う相手次第ってことになる。

「それなら、今後、お酒を飲んできたら、怒ったほうがいいですか？」

「……怒らないほうがいいです」

どうやら、ジェレーモさんの負けらしい。

「それから、そろそろクロお爺さんが来る予定ですから、それまでに仕事を少しでも進めてください。さっきまでトイレに行っていたのですから」

ジェレーモさんが話を変えたけど、結局はアナベルさんによって、元に戻ってしまった。

でも、わたしには気になる言葉があった。

「クロお爺ちゃんが来るの？」

「海に関してはクロお爺さんに任せていますので、定期的に報告をしてもらっているんです。主にクリモニアに送る魚介類についてですが。季節によって捕れる魚の種類や量も変わってきます。商業ギルドとしても、詳しい情報は必要になりますので、お願いして定期的にギルドにお越しいただいています」

どうやら、これからクロお爺ちゃんはここに来るらしい。

それなら、ここで待たせてもらってもいいかな？

「フィナ、シュリ。クロお爺ちゃんに挨拶したいから、しばらくここにいてもいいかな？　なんなら2人は散歩してきてもいいけど」

「シュリ、どうする？　外に行く？」

フィナがシュリに尋ねる。どうやら、フィナはシュリの意見を聞いてから決めるみたいだ。

「くまゆるちゃんとくまきゅうちゃんと遊んで待ってる」

シュリはくまゆるとくまきゅうが一緒なら、待つみたいだ。わたしが子熊化したくまゆるとくまきゅうを召喚してあげると、フィナとシュリはテーブルの上に乗せて遊び始める。

「あれ、嬢ちゃん。クマ、小さくないか？」

「そうね。ユナさんのクマは大きいと聞いていたけど。別のクマなの？」

「同じクマですよ。わたしのクマは普通のクマと違うから、小さくしたりできるんだよ」

それから、ジェレーモさんは、クロお爺ちゃんが来るまで、アナベルさんに仕事をさせられていた。

381 クマさん、謎の島のことを知る（3日目）

フィナとシュリの2人は、くまゆるとくまきゅうの手をにぎにぎしたりお腹を擦（さす）ったりして遊んでいる。その姿は子犬と遊んでいるようにも見える。そんな2人を横目にしつつ、わたしはアナベルさんとジェレーモさんに町の近況を聞きながら、時間を潰す。会話をしている間もジェレーモさんは資料を見ながら仕事をしている。アナベルさんもジェレーモさんの監視をしつつ、わたしの相手をしてくれる。2人とミリーラの町の話をしていると、クロお爺ちゃんがやってきた。

「クマの嬢ちゃんが来ていると聞いたんじゃが……」

部屋に入ってくると、わたしを捜すように部屋を見渡す。そして、すぐにわたしを見つけると、わたしのところにやってくる。

「昨日はうちの者が迷惑をかけたみたいで、すまなかったのう」

会った早々にクロお爺ちゃんに謝罪される。

「クマの嬢ちゃんには迷惑をかけるなとは言ってあるんだが、どうしても嬢ちゃんにお礼をしたかったみたいでな。わしがいなかったから、止められなかった」

「ううん、漁師のみんなには美味しいものを食べさせてもらったし、子供たちも喜んでいたから、そんなに怒らないであげて。それに、今日はお言葉に甘えて、子供たちを船に乗せてもらっているからね」

「そう言ってもらえると助かる。だが、一応叱っておいたぞ」

わたしが頼むまでもなく、すでに言ってくれたみたいだ。

それにしても、クロお爺ちゃんみたいに頼りになる人が味方だと心強い。クロお爺ちゃんのひと言があれば漁師のみんなもお願いを聞いてくれる。クロお爺ちゃんには本当に感謝だ。

「それで、嬢ちゃんはどうして、ここにいるんじゃ？」

「ユナさんはクロお爺さんを待っていたんですよ」

わたしの代わりにアナベルさんが答えてくれる。

「なにか、いろいろと気にかけてくれたみたいだったから。お礼を言おうと思って」

「あまり役に立てていないようじゃったがな」

クロお爺ちゃんがいろいろとしてくれなかったら、もっと大変なことになっていた。クロお爺ちゃんの防波堤としての存在は大きい。いつまでも元気にあの漁師たちの防波堤になってもらわないと困る。防波堤が壊れでもしたらと思うと、恐ろしくもある。

「そんなことはないよ。クロお爺ちゃんには感謝しているし、これからもよろしくお願いします」

「それが嬢ちゃんとの約束だからな」

わたしとの約束。クラーケンの討伐の件は広めないでほしい、わたしのことで騒がないでほしいなどのお願いを、クロお爺ちゃんは守ってくれている。

わたしはクロお爺ちゃんにはいつまでも元気でいてもらうために、神聖樹の茶葉が入った小箱をテーブルの上に置く。

「これは？」

「疲れが取れるお茶だよ。疲れたときにでも飲んで。効果は保証するよ」

神聖樹のお茶の毒見……ではなく、効果はクリフで実証済みだ。疲れが取れて、仕事も捗（はかど）っていると聞く。

「クロお爺ちゃんにはいつまでも元気でいてほしいから」

主にわたしのために。

「でも、飲みすぎには気を付けてね。元気になったからといって、働きすぎて、倒れられても困るから」

「元気になるお茶か。それはありがたい。これを飲めば、若い衆をバシバシとシゴくことができるんじゃな」

クロお爺ちゃんは嬉しそうに神聖樹の茶葉が入った小箱を受け取ってくれる。

もしかして、あげてはいけないものをあげてしまったかもしれない。心の中で若い漁師たちに謝罪しておく。クロお爺ちゃんの下で頑張って、立派な漁師になってください。

そんな神聖樹の茶葉が入った小箱を見ているジェレーモさんがいる。

「ジェレーモさんも欲しいの？」

「いや、いらない。もし、元気になって仕事を増やされても困る」

ジェレーモさんは首を左右に振って断る。

「俺は寝て、疲れを取るほうがいい」

そのことに関してはジェレーモさんと同感だ。栄養剤で体力を回復するよりは、寝て回復させたほうが断然いい。睡眠はわたしのアイデンティティーであり、ベッドの上でゴロゴロするのは正義だ。だから、アナベルさんがジェレーモさんのために欲しいと言っても、あげるのはやめよう。

「それで、定期報告ですが、なにか変わったことはありますか？」

わたしとの会話を終え、椅子に座るクロお爺ちゃんにアナベルさんが尋ねる。クロお爺ちゃんはカバンから紙を取り出して、アナベルさんに渡す。

わたしたちは部屋から出ていくタイミングを逃して、一緒に話を聞くことになった。シュリはそんな話には興味もなく、くまきゅうと遊んでいる。

まあ、暇そうにしていないだけよかった。フィナはくまゆるを膝に乗せ、頭を撫でながら話を聞いている。

「この紙にも書いてあるが、とくに変わったことはない。水揚げも順調だ。困ったことと言えば、バカが一人、例の島に近づいて、船を壊したことぐらいじゃ」

「大丈夫だったんですか⁉」

クロお爺ちゃんの報告に驚くアナベルさん。

「心配はない。船は沈んだが、運よく渦潮が収まって、他の船に助けられた。あれほど、あの島には近づくなと言ってあるのに、あのバカは」

「なんの話なの？」

島、渦潮、船の沈没。

断片的な言葉だけではなんの話をしているか分からない。危険な話にも聞こえる。

「ああ、嬢ちゃんは知らなくてもしかたない。まあ、知っているのも海に出ている漁師ぐらいじゃからのう。今から5日ほど前に、突如島が現れたんじゃよ」

「島が現れた？」

普通、島は急に現れたりしないものだと思うんだけど。海底火山が噴火したって意味なのかな？

それとも、異世界特有の現象？

「島が現れるなんて、にわかに信じられないのですが」

アナベルさんはクロお爺ちゃんの話には否定的みたいだ。まあ、普通に考えても島が急に現れたりはしないよね。

「毎日海に出ている漁師が、島があることに気付かないわけがなかろう。何十年も漁をしているわしも確認しているが、あそこにもともと島はなかった」

クロお爺ちゃんは断言する。

まあ、何十年も漁に出ていれば海は庭みたいなものだろう。島みたいな大きなものに気付かないはずがない。

「確か、過去にも同様のことがあって、漁師たちが騒いでいたっけ？」

話を聞いていたジェレーモさんが、思い出したかのように口を開く。

「ああ、確か3年前じゃったな。その前は5年前。その前もあった記憶がある。突如、島が現れては数日で消える不思議な現象がな」

引き潮で出てくる島ってことじゃないよね。

話によると沖のほうだって言うし。

「島の位置を調べたが、前回と若干違うことも分かっている」

「つまり、島が動いているってこと？」

「そうなるな」

「島、うごくの？」

くまきゅうと遊んでいたシュリが話に入ってくる。どうやら、島が動くことに興味をもったみたいだ。

「わしはそう思っておる。どこからともなく、島が流れてきて、どこかに流れていく」

浮き島ってことなのかな？

大きさにもよると思うけど、浮き島になっていて、周期的にミリーラの近くにやってくるのかもしれない。それなら、なんとなく説明がつく。

「その島って、前に現れた島と同じなんですか？」

「近くで確認したわけじゃないし、数年前のことだから、島の形なんて覚えておらんから、分からない」

まあ、それはそうだ。わたしだって、特徴的な点がなければ数年前に見たものの形なんて覚えていない。

「それに島には岩壁が多く、周辺には渦潮が多くあって、簡単に近付けないようになっている。過去に島に行こうとした者もいたが、いずれも船が沈没したりして、亡くなった者もいる。だから、あの島が現れても近づくのは禁止にしたのじゃが、若い者の一人が注意も聞かずに島に向かった。幸い、他の船に助けられて無事だったからよかったものの、興味本位で行動する者もおるから、困ったもんじゃ」

クロお爺ちゃんの言葉でも聞かない漁師もいるんだね。

それにしても、そんな島があるのか。もしかして、お宝でも眠っているのかもしれないと考えてしまうのは、ゲーム脳のせいかもしれない。

「しかも、宝があるかもと、バカな言い訳をする。誰も近付けない場所に、どうやって宝を置くんじゃ。しかも、移動する島に置いたら、取りに行けんじゃろうが。そんなこともわからんバカだから島に行こうとする」

ごめんなさい。わたしもお宝があるかもって考えちゃいました。

「それじゃ、お宝ないの？」

話を聞いていたシュリが残念そうにする。

「誰も島に行けないから、置けないからのう」

クロお爺ちゃんの返答にシュリは残念そうにする。そんなにお宝が欲しかったのかな？

わたしは欲しかったよ。

「そういえば、嬢ちゃんたちは船に乗らなかったのかい？」

クロお爺ちゃんがくまゆるとくまきゅうを抱いているフィナとシュリに尋ねる。

「わたしたちは、前に来たときにダモンさんに乗せてもらったから、今回は遠慮しました」

「ああ、あのときか。でも、あのときはまだ、肌寒かったじゃろう。今乗ると、あのときとは違った気持ちよさがあるぞ」

「そうなの？」

「そうなんですか？」

シュリとフィナが前のめりになる。

「ああ、違うぞ。季節によって海は、毎回違った風景を見せてくれる。1日違っただけでも、景色が変わる場合もある。海は不思議な場所じゃよ。今は暖かく、気持ちいい」

船にそんなに乗ったことがあるわけじゃないけど。クロお爺ちゃんが言いたいことは伝わってくる。季節によって違うのはもちろんだし、空から降り注ぐ太陽の光だって違う。風の吹く力も違う。気持ちいい風もあれば、冷たい風もあるだろう。

風が強くて波が大きいときもあれば、穏やかなときもある。そして、時間によっては、さらに違う風景が見えるはずだ。朝行けば、日の出が見られるし、夕方に行けば夕日を見ることができる。昼間とは違った海の風景だ。

クロお爺ちゃんの話を聞いて、2人は船に乗りたそうにしている。

「あとで、ダモンさんに頼んでみようか?」

「本当ですか!?」

「いいの?」

わたしの言葉に2人は嬉しそうな表情をする。やっぱり、船に乗りたかったみたいだ。2人の聞き分けがいいのに甘えて、挨拶回りに連れ回したのは可哀想なことをしたかもしれない。

「一応、頼んでみるけど。ダメだったらゴメンね」

勝手に約束をして、ダメだったときを考えるとぬか喜びをさせても可哀相だ。

「それなら、わしの船に乗せてやろう」

「クロ爺⁉」

驚いたのはわたしでなく、ジェレーモさんだった。

「別にいいじゃろう、船に乗せるぐらい。それにダモンの奴の船に嬢ちゃんを乗せると、周囲が文句を言いそうじゃからな」

「お爺ちゃんのお船に乗れるの？」

「ああ、乗れるぞ。船の扱いも一番うまいぞ」

「いちばん！」

「まだ、若い者には負けけん」

クロお爺ちゃんは胸を張って、力強く言う。

わたしたちはクロお爺ちゃんの厚意に甘えることにした。

382 クマさん、港にやってくる（3日目）

「ユナ姉ちゃん、お昼ごはんはどうするの？」

シュリがお腹を擦りながら尋ねてくる。確かに、小腹が空いてきた。食べ物ならクマボックスにたくさん入っているけど、せっかく海に来たんだ、ここでしか食べられないものを食べたいところだ。

どうしようかと悩んでいると、話を聞いていたクロお爺ちゃんが提案をしてくる。

「それなら、港で食べればいいじゃろう。今頃、嬢ちゃんが連れてきた子供たちが食事をしているはずじゃ」

クロお爺ちゃんの話によれば、漁師のみんなが、今朝捕った魚などを昼食に準備しているとのことだ。船に乗ったあとの食事の用意までしてくれたみたいだ。

感謝の言葉しかない。

港の近くにやってくると、美味しそうな匂いが漂ってくる。わたしのお腹が小さく「く～」と鳴く。わたしは隣を歩くフィナを見る。

「わたしもお腹が空きました」

どうやら、お腹が鳴ったのを聞かれたみたいだ。

う～、恥ずかしい。

このクマ装備。防御力が優れているんだから、お腹の音も遮断してほしい。乙女としてはぜひ欲しい機能だ。

匂いに誘われるように港に到着すると、昨日に続き、漁師のみんなが魚や貝などを焼いたり、貝やワカメなどが入った味噌汁を作っている。

美味しそうだ。ご飯が欲しくなるね。

クロお爺ちゃんは漁師たちのところに行くと、食事の相談をしてくれる。漁師たちはチラッとわたしのほうを見ると、ニカッと笑い「もちろん、好きなだけ食べてくれ」と言ってくれる。

わたしたちは無事に食事にありつけることになった。


焼き魚や貝などをお皿にのせ、食べようとしたとき、ティルミナさんがやってくる。

「お母さん！」

シュリはティルミナさんに抱きつき、ティルミナさんはシュリの頭を撫でる。

「ユナちゃん、用事は終わったの？」

「軽くだけど、みんなに挨拶はしてきたよ。それで、クロお爺ちゃんの船に乗せてもらうことになって。ティルミナさんたちは食事？」

「ええ、船に乗せてもらうだけじゃなく、食事も用意してくれたのよ。ここまでしてもらうと申し訳ない気がしてくるわ」

ティルミナさんは困ったような顔をする。

それはティルミナさんに同意だ。お金を払っているわけでもないのに、子供たちを船に乗せてくれたり、食事まで用意してくれたりしている。無償の厚意を受け取るのは抵抗がある。

「ねえ、ユナちゃん。この町でなにをしたの？　ユナちゃんがトンネルを発見したことは知っているけど。それ以外にも、なにかあるわよね？」

ティルミナさんが疑うように尋ねてくる。

「ナニモナイデスヨ」

「本当？」

ティルミナさんの顔がわたしに近づいてくる。ティルミナさんは目を細めて、わたしの目をジッと見つめてくる。間違いなく疑っている目だ。目を逸らしたら負けなのはわかっていたけど、耐え切れなくなって、わたしは目を逸らしてしまう。

「ちなみに、娘たちは知っているのかしら？」

ティルミナさんは娘２人を見る。

「ユナお姉ちゃんがしたことですか？　秘密です」

「ひみつだよ」

おお、フィナとシュリがティルミナさんに逆らって、わたしの味方になってくれている。感動の瞬間だ。でも、これが反抗期の前触れじゃないよね？

「あら、お母さんにも教えてくれないの？」

ティルミナさんはじゃれつくように2人を抱きしめると、くすぐり始める。

「お、お母さん、やめて。くすぐったいです」

「おかあさん、くすぐったいよ～」

「ほら、言わないと、もっとくすぐるわよ」

仲良し家族がじゃれ合う。ティルミナさんが病気だった頃にはできなかったことだ。見ていると微笑（ほほえ）ましくなってくる。そして、同じように、その様子を微笑ましそうに見ているゲンツさんがいる。ゲンツさんも親子だけど。ゲンツさんがあの輪に入ったら、家族でも犯罪臭がしてしまう。

「ユ、ユナお姉ちゃん、た、たすけて……」

「ユナ、ねえちゃん……」

わたしが微笑ましそうにフィナたちを見ていると、フィナとシュリが笑いながら、小さな手を伸ばして、助けを求めてくる。それを逃がそうとしないティルミナさん。じゃれあっているようにしか見えないけど、助けたほうがいいのかな。

「町が魔物に襲われていたから、倒しただけだよ」

「そうなの？」

嘘は言っていない。クラーケンのことは濁しただけだ。

「だから、少しばかり感謝されているんですよ」

わたしが説明すると、ティルミナさんはフィナとシュリを解放してくれる。笑い疲れたフィナとシュリは腰を下ろして、はぁはぁと息を切らしている。

「お母さん、酷いです」

「母親に隠し事をするからよ。まあ、ユナちゃんのことだから、とんでもない魔物を倒したと思うけど、そこは聞かないであげる」

ティルミナさんはわたしがお茶を濁したところを聞かないでくれる。本当のことを話しても信じてくれるかは分からないけど。

「でも、いろいろと納得がいったわ。町を歩いていると、お守りとしてクマの置物や小物が売っているんですもの。普通はそんなものは売っていないでしょう。クマを信仰するなんて聞いたことがないですもの」

「…………」

今、ティルミナさんはなんて言ったかな？

聞き間違いだよね。きっと、聞き間違いだ。帰ったら、耳掃除をしないといけないね。

耳かきあったかな？

「ほら、わたしも買っちゃったわ」

ティルミナさんのポケットから、小さなクマが出てくる。

わたしの目がおかしいわけじゃないよね？　わたしは目をこすってもう一度確認する。ティルミナさんの手の平には小さなクマが乗せられている。見間違いではなかったみたいだ。

クマには紐が通してあり、キーホルダーみたいになっていて、カバンなどに付けられるようになっている。

「くまさんだ～、わたしもほしい！」

シュリがティルミナさんの手からクマのキーホルダーを奪い取る。

「えっと、売っていたの？」

ティルミナさんの話によれば小物などを売っている場所で見つけたらしい。お守りとして売っていたらしい。効果は海に出ても、無事に帰ってこられるようにだという。

それを聞いて、わたしは思考が止まる。

何も考えたくなくなった。

「嬢ちゃん、すまない」

クロお爺ちゃんの声でわたしの思考が再起動する。どうやら、クロお爺ちゃんはわたしたちの話を聞いていたみたいだ。

「そのクマは漁師たちのお守りみたいなものじゃ」

お守り、ティルミナさんもそんなことを言っていた。

「未だに海を怖がる者や不安に思っている者もいる。でも、そのクマのお守りがあると気持ちが落ち着くらしい。そのこともあって、クマのお守りを持って海に出ると、安全に漁ができると徐々に広まっていったんじゃ」

お守りって、神様の加護だよね？　神様に安全を願ったりするんだよね。クマがモチーフってことはわたしのことだよね？　わたし、神様じゃないよ。

でも、お世話になっているクロお爺ちゃんに謝られると、文句を言うことができない。それにこんなクマのお守りを持つだけで安心して漁に出られると聞くとダメとも言えない。ダメと言えば漁に出られなくなるかもしれない。精神的な傷を治すのが難しいことぐらい、わたしにも分かる。

「えっと、他の街とかには広めないでくださいね」

そうお願いするのが限界だった。

「分かっておる」

本当に広めないでほしい。でも、クマのお守りなんて他の街から来た人だったら、鼻で笑って購入はしないだろう。

わたしはクマのお守りを嬉しそうに持っているティルミナさんやシュリ、フィナを見る。

……誰も買わないよね？

そして、漁師さんたちが作ってくれた料理を食べていると、お皿に料理をのせたノアがやってくる。

「ユナさん！」

口の中にはたくさん食べ物が入っている。ノアは貴族のお嬢様なんだから、口に食べ物を入れたまま喋（しゃべ）ったらダメだよ。わたしはノアの膨らんだホッペをクマさんパペットで押す。

「な、なんですか？」

「美味しそうに食べているけど、お嬢様としてはどうかなと思って」

「ここでは貴族とかは関係ありません。みんなと一緒に食事をするところです」

それはそうだけど。初めて会ったときは、もっと貴族のお嬢様らしかった気がするんだけど。もしかして、わたしと会って、変わったってことはないよね？

たぶん、わたしと会う前から、こういう性格だったんだろう。わたしはそう思うことにする。

それに引き換え、ミサやシアはお嬢様らしい振る舞いをしている。食べ歩きはせずにちゃんと座って食事をしている。

「そうだ。ユナさん。わたし、あとで釣りを教わるんですよ。初めてだから、楽しみです。大きなお魚を釣り上げてみせますね」

なんでも、船に乗った子供たちが釣りをしたいと言いだしたらしい。それで、午後からは魚釣りをすることになったらしい。

それにしても、ノアは海をかなり満喫しているようだ。これもクリフやララさんがいないせいかな。

「ユナさんも釣りをするために、来たんですか？」

「わたしはフィナとシュリが船に乗りたいって言うから来ただけだよ」

「それなら、フィナもシュリも一緒に釣りをしませんか？」

少し離れた場所で料理を食べているフィナとシュリに尋ねる。

「釣りですか？」

「お魚を自分で釣るんですよ」

「お魚さんを釣るの⁉」

シュリが釣りに興味を持ったみたいだ。

「誰が大きな魚を釣れるか、勝負をしませんか？　お姉さまとミサともするんですよ」

誘われたフィナとシュリは悩みだす。

釣りも興味あるけど、クロお爺ちゃんに船に乗せてもらう約束もある。困ったようにわたしを見る。

「好きにしたらいいよ。なんだったら、クロお爺ちゃんの船にはわたしだけで乗るよ」

「でも……」

断るのは抵抗があるみたいだ。

わたしがクロお爺ちゃんにそのことを話すと。

「それなら、わしが教えてやろう。大きな魚が捕れる場所も誰よりも知っておるからのう」

そんなわけで、クロお爺ちゃんには船に乗せてもらうだけでなく、釣りも教わることになった。

383　クマさん、海に出る（3日目）

それから、ティルミナさんに今日の予定を尋ねる。

「食事が終わったら、3グループに分かれて行動する予定よ」

ティルミナさんの話では釣りをするグループ。それとクマビルに帰って休むグループ。それから、今日も海で泳ぐグループに分かれるそうだ。

ティルミナさんの話によると船酔いをした子などがいたかららしい。

こればかりは、船に乗ってみないと酔うか酔わないかは分からないからね。

「フィナたちは大丈夫だったの？」

「うん、大丈夫だったよ」

「わたしも大丈夫だったよ」

そういえば、2人とも大丈夫だったね。

それで、船には乗りたくない子もいたり、眠そうにしている子もいるので、リズさんが連れて帰るとのことだ。

ちなみにティルミナさんはゲンツさんと釣りをするそうだ。

本当に、元気になってから行動的になった。

いや、元々こういう性格だったのかもしれない。

昼食を終えると、それぞれの目的のために分かれて行動する。リズさんは眠そうにしている子と手を繋いだり、寝ている子を背負ったりしている。それを見たギルが代わりに背負って、クマビルに連れていった。

釣りをするグループはノアを護衛するマリナはもちろん、モリンさん、カリンさん、ネリンも魚釣りに参加するみたいだ。

「ミサ、フィナ、シュリ、お姉さま、誰が大きいお魚を釣るか勝負ですからね」

バシッと宣言をするノア。

「勝負ですか？」

「勝負です」

「でも、わたし釣りなんてしたことなくて」

「わたしもありません。もちろん、ミサもないです」

「川や湖なら、あるけど」

ノアはシアを見る。

「お姉さまは、ユナさんと勝負してください」

「いや、わたしは釣らないよ」

わたしは釣りをするつもりはないので断った。


そして、それぞれの船に分かれて乗る。

わたしたちは約束どおりにクロお爺ちゃんの船に乗せてもらう。クロお爺ちゃんの船にはわたしとフィナ、シュリにティルミナさんにゲンツさんが乗る。釣りをするなら、家族一緒がいいと思って、わたしが誘った。

「お父さん、大きなお魚さん捕れる？」

「昔、釣りはやったことがある。そのときに、こんな大きな魚を釣ったこともあるぞ」

シュリの質問にゲンツさんは手を広げて、大きな魚を釣ったアピールをする。

「あら、そうだったかしら？　確かロイは釣れて、ゲンツは釣れなくて文句を言っていた記憶があるんだけど」

ロイって、たしか亡くなったフィナのお父さんの名前だよね。

ティルミナさんが微笑みながら、大きな魚を釣った自慢をするゲンツさんの言葉を否定する。

ゲンツさんはティルミナさんの言葉に動揺する。

「そ、そのあとのことだ。みんなが見ていないときに釣ったんだ」

ゲンツさんは目を泳がせながら答える。その態度が、いかにも嘘を吐いていると分かる。

「それじゃ、どれほど釣りの腕前が上がったか楽しみね」

「……でも、釣りは久しぶりだし、腕が鈍っているかもしれない……」

なんか、今度は言い訳じみたことを言い出した。さっきまでシュリに大きなことを言っていたのに。

でも、そんなのは関係なく、ティルミナさんが追い討ちをかける。

「シュリ、お父さんがとっても大きな魚を釣ってくれるって」

「本当？　お父さん、頑張って」

シュリが純真無垢な表情でゲンツさんにお願いする。そんなシュリの笑顔に無理とは言えないゲンツさんは、自分を追い込んでいく。

「……ああ、任せろ。大きな魚を釣り上げてやる」

胸を張って約束してしまう。

ああ、ゲンツさんの顔が引き攣っているよ。素直に初心者だってことを認めればいいのに。どんどん傷口が広がっていく。もしかして、自分を追い込んで力を発揮するタイプなのかな？　そんな風には見えないけど。

ティルミナさんもそんなにゲンツさんを苛めなくてもいいのに。

でも、今回のことに関しては見栄を張ったゲンツさんが悪いから、フォローのしようがない。

「ユナお姉ちゃんは、したことあるんですか？」

「釣り？　わたしはないよ」

フィナの質問に嘘を吐くこともなく答える。こんなところで見栄を張ってもしかたないからね。ゲンツさんの二の舞だけはゴメンだ。

そもそも、引きこもっていたわたしが、釣りなんてアウトドアなことをするわけがない。

「それじゃ、わたしと一緒で初めてですね。大きな魚、釣れるかな?」

「まあ、それはやってみないと分からないよ」

期待を持たせるようなことは言わない。釣れなかったら可哀想だからね。

わたしたちはクロお爺ちゃんの船に乗って、海に出る。大きな船だ。クロお爺ちゃん以外にも一人の漁師が乗り込む。なんでも、お爺ちゃんの一番下の息子らしい。まあ、息子が数人いてもおかしくはない。ちなみに町長になったのはクロお爺ちゃんの長男とのことだ。

船は帆を張ると動きだす。元の世界の船と違うところは、風の魔石が使用されていることぐらいだ。前にダモンさんに聞いたことがあるけど、魔石を使って船を動かすのは見習いの漁師。風と魔石を交互に使うのが半人前。自然の風だけで船を動かすことができれば一人前と認められるらしい。魔石は、自転車でいうと補助輪みたいなものかな?

船は港から少しずつ離れていく。他の船に乗っているノアやミサが手を振っている。それに対して、フィナとシュリも手を振り返す。

そして、ノアたちが乗る船を見たときに見えてしまった。わたしは目を擦る。間違いじゃない。帆が張ってるマストの一番上にクマの形をしたものがあった。何度も目を擦って確認をしてしまった。

わたしは自分が乗る船も確認する。

………ある。高くて見えにくいけど、小さなクマがマストの上にある。

もしかして、クロお爺ちゃんもクマをお守り代わりにしているの？

フィナたちは海を見ているからマストにあるクマには気付いていない。だから、わたしは見て見ぬふりをすることにした。

船が港から離れると、わたしは聞きたいことがあるのでクロお爺ちゃんのところに向かう。

「例の突然現れた島って、どこのあたりにあるんですか？」

海を見ると小島らしきものがいくつか見えるけど、どれが動く島なのか分からない。ハッキリと言って、毎日のように海に出ている漁師でないと判別がつかない。

「ここからじゃ、見えん」

クロお爺ちゃんの話によれば、もっと沖のほうに出ないと見えないらしい。

それが、漁師にしか知られていない理由にもなっている。

う〜ん、せめて方角だけでも知りたいんだけど。それが分かればくまゆるとくまきゅうのクマの水上歩行を使って、島に行くことができる。

「近くまで行くことはできますか？」

「嬢ちゃんは、そんなにその島に興味があるのか？」

「あります！」とは大きな声で答えることはできない。

「まあ、冒険者だから、一応、どんな島なのか気になって」

少し声のトーンを落として、ちょっとだけ興味があるように答える。

「それにクラーケンのこともあるし、危険な島だったら困るかなと思って」

「近寄らなければ危険はない。突然現れた以外は、普通の小島と変わらないぞ。まさか、嬢ちゃんは行く気なのか？」

「行かないよ。それに渦潮があって、近寄れないんでしょう？　ただ、島の方角が分かれば、もしもの時に対処もできるかなと思って」

適当な理由を並べてみる。お宝があるかもしれないから、行ってみたいとは言えない。それでは船を沈没させた漁師と一緒になってしまう。お爺ちゃんもよい気はせず、島の場所を教えてくれないかもしれない。

「まあ、魚が釣れるポイントも近くにあるから、いいじゃろう」

クロお爺ちゃんは船の進む先を変更してくれる。船はどんどん港から離れていく。

「ほかのお船が小さくなっていくよ」

シュリが他の船を見る。他の船はそれぞれの魚を釣るポイントに向かっている。クロお爺ちゃんの船だけが、別の方向に進んでいる。

フィナたちは島に向かっていることも知らずに、純粋に船を楽しんでいる。しばらく進むと、クロお爺ちゃんが声をかけてくる。

「嬢ちゃん、あの島がそうじゃ」

クロお爺ちゃんが指さすほうを見る。距離はかなりあって、この位置からは普通の小島にしか見えない。でも、緑が見え、木々が生えていることは分かる。

わたしはクマの地図のスキルを使い、場所を確認する。真っ黒い海図に船で通った箇所の地図が描かれている。地図としては不完全だけど、島に行くだけなら問題はない。この船が通った先に謎の島があることになる。あとは島が移動しないことを祈るだけだ。

「嬢ちゃんの頼みでも、これ以上は近寄らないぞ。わし自ら命じたことを破るわけにはいかんからな」

わたしとしては方角が分かれば問題はない。わたしがお礼を言うとお爺ちゃんは船を反転させて、釣りポイントに向かう。

釣りポイントへやってくると、クロお爺ちゃんと息子さんがフィナたちに釣りの仕方を教えてくれる。フィナはもちろん、釣り経験者のゲンツさんも真面目に聞いている。

釣りの仕方を教わったみんなは、それぞれ糸を垂らす。竿を見ると、リールらしきものも見える。

あれは魔石かな。

リールらしき場所に魔石が嵌められている。魔石の力で糸を巻いたりするのかな？

「ユナお姉ちゃんは、本当に釣りはしないんですか？」

「わたしはのんびり見ているよ」

釣りには興味がない。ボーッとするのは好きだけど。糸を垂らして、待つのは好きじゃない。やるならやる。やらないなら、やらないって感じだ。

「ユナ姉ちゃんもやろうよ」

シュリがわたしのクマ服を掴む。

「わたしはいいよ」

「え〜〜」

「それじゃ、代わりにくまゆるを貸してあげるから、わたしと思って」

「くまゆるちゃん？」

わたしは通常サイズのくまゆるを召喚する。くまゆるを召喚した程度では船は傾いたりはしない。

「くまゆる。シュリと一緒に釣りをしてあげて」

わたしがそう言うとくまゆるは「くぅ〜ん」と鳴く。

「くまゆるちゃん、釣りできるの？」

「さあ？　でも、わたしより役に立つと思うよ」

シュリはくまゆるを連れて釣りに向かう。

わたしは通常サイズのくまきゅうを召喚して、伏せるように寝かせる。そこにわたしは寄りかかるように横になる。

うん、気持ちいい。ふわふわのクッションだ。

くまゆるとくまきゅうには一応、海の監視をお願いする。クラーケンは現れないと思うけど。危険な海の生物が襲ってくるかもしれない。保険みたいなものだ。

わたしは船に揺られながら、フィナたちを見る。フィナは糸を垂らし、海を眺めている。シュリはくまゆると一緒に釣りをしている。わたしはクマ装備のおかげで大丈夫だけど。くまゆるに抱かれて、シュリは暑くないのかな？

ゲンツさんの「絶対に大きな魚を釣るぞ」と言っている姿があり、ティルミナさんは、そのゲンツさんを微笑ましそうに見ている。

わたしは、そんな様子を見たり、声を聞いたりしながら、のんびりと過ごす。くまきゅうのふわふわのクッションに寄りかかっていると徐々に眠くなってくる。「はぁ～」少し大きめな欠伸（あくび）をすると眠りに落ちていく。

「ユナお姉ちゃん、シュリ、起きて」

体が揺れる。目を開けるとフィナがいる。そして、横から「お姉ちゃん？」と眠そうな声が聞こえてくる。声をしたほうを見るとシュリがわたしに抱きついて寝ていた。

「ほら、もう帰るから起きて」

「お姉ちゃん。お魚さん、釣れたの？」

シュリが小さく欠伸をしながら起き上がる。

どうして、シュリがわたしと一緒に寝ているのかな？

「大きな魚が釣れたよ」

「本当!?」

シュリは起き上がると、魚を見に行く。

「フィナは釣れたの？」

「くまゆるが手伝ってくれたので大きな魚が釣れました」

話を聞くとシュリは早々に釣りに飽きて、船の中を見たり、海を眺めたりしていたそうだ。それがいつのまにかわたしの横で寝ていたという。

フィナとティルミナさんは数匹の魚を釣り上げたそう。ゲンツさんの結果は聞かないであげてほしい。

「釣れたのも、くまゆるのおかげです。くまゆるが竿を持ってくれたんです。格好よかったんですよ。最後は口に咥（くわ）えて、グワッと引っ張ると、こんなに大きな魚が釣れたんです」

フィナは手を左右に大きく動かして、くまゆるがどんな風に魚を釣り上げたかを説明してくれる。フィナの隣にいるくまゆるが凄いでしょうって感じで「くぅ～ん」と鳴く。

えっと、くまゆるなにをやっているの？　くまゆるそんなことまでできたの？

とりあえず、頭を撫でて褒めてあげた。

384 クマさん、釣りから戻ってくる（3日目）

わたしはフィナから聞いて、ゲンツさんは魚が釣れなかったことを知った。でも、そのことを知らないシュリはゲンツさんに尋ねようとしている。

わたしは心の中で「聞いたらダメ～！」と叫ぶが、そんな、わたしの願いは届くわけもなく。

「どれがお父さんが釣った魚なの？」

シュリは魚が入っている箱を覗き込みながら尋ねてしまう。

「そ、それは……」

ゲンツさんは困った表情をする。ゲンツさんを見ているといたたまれなくなってくる。そこにティルミナさんが微笑みながら近寄ってくる。もしかして、止めを刺すつもり!? ゲンツさんのHPは0だよ。ゲンツさんが可哀想で見ていられなくなる。

「シュリ、お父さんが釣った魚はこれよ」

「これ？」

あれ、ティルミナさんが箱の中に入っている魚を指さしている姿がある。ティルミナさんの言葉にゲンツさんも驚いている。

「正確にはわたしとお父さんが釣ったのよ。わたしの釣り竿に大きな魚が引っかかったんだけど、わたし一人じゃ釣り上げることはできなかったの。そのときにお父さんが助けてくれたの。お父さん、格好よかったわよ」

「……ティルミナ」

「お父さん、凄い！」

シュリは喜ぶとゲンツさんに抱きつく。ゲンツさんはそんなシュリの頭を撫でる。そして、ティルミナさんのほうを見ると、ティルミナさんはゲンツさんに微笑み返す。

「優しいお母さんだね」

「はい！」

その様子を見ていたフィナは嬉しそうに頷く。

どうやら、父親としての面目は保たれたみたいだ。

そんな家族の様子をクロお爺ちゃんも微笑ましそうに見ていた。

もし、自分だったら、恥ずかしいね。


港に戻ってくると、すでに他の船も戻っていた。

船が接岸すると、待っていましたとばかりにノアがやってくる。

「フィナ、シュリ、魚は釣れましたか？　わたしは大きなのが釣れましたよ。釣った魚を見せてください」

どうやらノアは、大きな魚が釣れたから早く見せたいようだ。

「えっと、これがわたしが釣ったなかで一番大きな魚です」

フィナがくまゆると釣ったと思われる大きさの魚を見せる。その瞬間、ノアの顔つきが変わった。

「うぅ、大きいです。シュリはどれですか？」

「その、寝てたから、釣っていないの」

シュリはわたしとくまきゅうと一緒に寝ていたことを説明する。

「うぅ、それはそれで、負けた気分に」

ノアはさらに落ち込む。

勝負の結果はフィナとくまゆるが釣り上げた魚が一番大きかった。次にノアとなり、ミサ、シアと続き、最後は寝ていたシュリになる。

「くまゆるちゃんに手伝ってもらうなんて、ズルいです。シュリもユナさんとくまきゅうちゃんと寝るなんて、羨(うらや)ましいです」

一番になれなかったノアが頬を膨らませながら羨ましがっていると、シアが口を挟む。

「ノアもマリナの手を借りて釣ったから、フィナちゃんのことは言えないでしょう」

「それは……、魚が大きくて一人じゃ無理だったんですから、しかたないです」

「それならフィナちゃんも一緒でしょう」

「うぅ、……はい」

姉のシアに諭されては文句が言えなくなる。まあ、釣りは初めての経験だろうからしかたない。小さい魚ならまだしも、大きな魚は一人じゃ無理だよね。他人の力を借りたとはいえ、釣ったことは凄いことだと思う。

わたしなんて、一匹も釣ったことがない。

「今回は負けを認めます。ユナさん、今度はわたしにもくまゆるちゃんを貸してください。そしたら、もっと大きな魚を釣ってみせます」

えっと、それって、くまゆるが釣り上げたことにならないかな？

釣り勝負をするなら、自分の力で釣らないといけないような気がするんだけど。

「そのときは公平に一緒の船に乗ったときに貸してあげるよ」

「約束ですよ」

それから、ミサやシアが釣った魚を見たりしていると、他の子たちも自分たちが釣った魚などを見せてくれる。

「ユナお姉ちゃん。大きなお魚釣れたよ」

「タコさん、気持ちわるかった」

「小さいけど、たくさん釣れたよ」

「ユナお姉ちゃん、見て」

「ユナお姉ちゃん、僕が釣った魚、食べて」

「僕のも」

「わたしのも食べて」

みんな、自分が捕った魚をわたしに食べてほしいようだ。みんなの気持ちは嬉しいけど、一人でそんなに食べることはできない。

「えっと、みんな、ありがとうね。今夜、アンズに調理してもらうから、院長先生やリズさんにも食べてもらおうね」

わたしがそう言うと、子供たちは素直に頷いてくれる。一人で全員が釣った魚を食べたら、クマじゃなくてブタになってしまうところだった。

それにいくら元引きこもりでも、これでも15歳の乙女だ。羞恥心は持っている。それでなくても、二の腕とかプニプニしているから、食べすぎには注意しないといけない。

ちなみにミサや他の子たちも、漁師さんたちの力を借りたりして釣ったそうだ。

シアは一人で釣り上げたというから、本来の釣り勝負はシアが一番ってことかもしれない。

釣った魚はあとで漁師たちがクマビルに運んでくれるそうなので、お願いする。本当にお世話になりっぱなしだ。

わたしたちは船に乗せてくれたクロお爺ちゃんにお礼を言って、クマビルに戻る。

クマビルに戻ると、子供たちはすでに帰っていた院長先生のところへ報告に向かう。どんな魚を釣ったのか、タコを捕って、気持ち悪かったとか、いろいろと聞こえてくる。院長先生やリズさんにニーフさんは笑顔で子供たちの話を聞いている。

自然にニーフさんにも子供が集まっているのを見ると、子供たちと仲良くなったと思う。

ミリーラに来たときはどうなるかと思ったけど、笑顔を見ると安心する。

アンズにはそれとなく、気にしてもらうように言ってあるけど、大丈夫そうだ。

しばらくすると、海で遊んでいたグループも戻ってくる。

すると、釣りをしていたグループの子供たちと同様に院長先生のところに駆け寄っていく。

本当に院長先生は人気者だ。どの子も楽しそうに話す。

「ふふ、楽しかったです」

食事前に湯船に浸かって、今日一日の疲れを癒やしていると一緒にお風呂に入っているノアがニコニコしながら呟く。

「楽しんでいるみたいだね」

「はい。こんなに遊んだの久しぶりです」

「ミサとシアはどう？」

「はい、ノアお姉さまに呼んでいただいてよかったです。あとで知ったら、文句を言っていたかもしれません」

「そうね。わたしも王都から来てよかったよ。帰ったら、お母様に、文句を言われそうだけど」

　そういえば、エレローラさんを置いてきたんだっけ？　でも、エレローラさんは仕事だからしかたない。それが学生と社会人の差だ。

「そういえば、ユナさん。知っていますか？」

「なにを？」

「漁師さんに聞いたのですが、なんでも何もない海にいきなり島が現れたそうなんですよ」

　どうやら、ノアも動く島の話を聞いたらしい。

「その話なら、わたしも聞いたよ」

「いきなり島が現れるなんて不思議ですよね」

「島が動いたって話もあるみたいです」

「島って、動くんですか？」

　ノアの話にミサが尋ねてくる。

「浮き島っていうのもあるから、海流に流されれば動いたりするんじゃない？」

　実際に見たことはないし、知識でそんな島があることを知っているくらいだ。

「動く島、見てみたいです。でも、その島を見てみたいとお願いしましたけど、断られました」

わたしは魚釣りのポイントに行く前に、クロお爺さんに頼んで見させてもらった。

「話によると、島の周りに渦潮があって、危険みたいだから、しかたないよ。沈没した船もあったみたいだよ」

わたしはクロお爺ちゃんに聞いた話を、そのまま教える。

「はい、同じことを漁師の方に言われました。危険なことはお願いはできませんから、残念です」

わたしも実際に近くで確認したわけじゃないけど、渦潮は危険だ。船が沈没すれば、死ぬ可能性が高い。

興味本位で行くには危険すぎる。

「でも、そんな不思議な島があったら行ってみたいね」

話を聞いていたシアまでが言う。

わたしは行こうと思っているので、クロお爺ちゃんにその島の近くまで連れていってもらった。

でも、そんなことを言えば、ノアたちが「行きたい」と言うのは分かっている。

だから、「わたしは行くよ」とは言えない。

なにより、島にどんな危険があるか分からないところへシアたちを連れていくわけにはいかない。

「行きたいからって、漁師の人に無理やり頼んだりしたらダメだからね。ノアもシアもクリモニアの領主の娘で、なんだかんだで影響力はあるんだから」

「分かっています。そんなことをしたら、お父様に叱られますから、しません」

頬を膨らませて、わたしの言葉を否定する。

「そうね。わたしはお父様だけじゃなく、お母様にも叱られるよ」

「わたしもお爺様、それから、お父様にも叱られてしまいます」

「くまゆるちゃんとくまきゅうちゃんに乗っていけたらいいのにね」

ノアは湯船の中でまったりしている子熊化したくまゆるの背中を撫でる。くまゆるは気にせずに、気持ちよさそうにしている。

そして、風呂から上がると、ノアはくまゆるとくまきゅうをドライヤーで乾かし、ブラシをする。

「ふわふわになりました」

ノアはふわふわになったくまゆるとくまきゅうを嬉しそうに抱きしめる。

平和だね。

そして、お風呂から出ると夕食をいただく。

その日の夕食には子供たちが海で釣った魚やタコなどを使った海鮮料理がテーブルの上に並んだ。

流石(さすが)本職、アンズが作る料理はどれも美味しかった。

そして、それぞれの食卓では子供たちが今日の出来事を楽しそうに話していた。

みんな楽しそうで、本当に連れてきてあげられてよかった。

385 クマさん、ウォータースライダーを作る（4日目）

翌日、朝食を食べ終わると、子供たちは水着に着替えるために、部屋に向かう。

その後をリズさんやニーフさんが追いかけていく。

「ノアたちはどうするの？」

「わたしは、町に行くつもりです。お父様に、遊ぶだけでなく町を見るように言われていますので」

「それじゃ、シアとミサも？」

「うん、わたしもしっかり見てくるように言われているから、ノアと一緒に行くよ」

「はい。わたしもお爺様に見てくるように言われています」

貴族って大変だね。

「でも、午後には戻ってきますから、そしたら、ユナさん遊びましょうね」

ノアたちはクマハウスを出ていく。

その護衛にマリナとエルがついていく。

ティルミナさんとゲンツさんは今日も2人でお出かけしている。

2人もなんだかんだで楽しんでいるようでよかった。新婚旅行代わりになっているなら、嬉しいかぎりだ。

本当はフィナとシュリも誘われていたけど、フィナが気を使って、2人だけにさせてあげていた。それに今日はフィナとシュリに頼みたいことがあったので、今日も2人にはわたしに付き合ってもらう。

「ユナ姉ちゃん、わたしたちも早く海に行こうよ」

シュリがわたしのクマ服を引っ張る。

「分かっているよ。それじゃ、着替えたら海に行こうか」

「うん！」

そんなわけで、わたしは自分の部屋にやってくる。

一度着れば2度も3度も同じだ。クマの着ぐるみだって、長い間着ていたら、慣れてきた。水着も1回目よりは2回目のほうが抵抗感は少ない。

……わたしはそう思っていた。でも、1日目のときに、シェリーがわたしの水着を見たとき、「似合っています。他の水着も見てみたいです」とお願いをされてしまった。

その瞬間、わたしの思考が止まったのは言うまでもない。人は驚くと言葉が出ないと言うが本当かもしれない。そのときのわたしは「えっ」と言葉を発して、それ以上の言葉が出てこなかった。

昨日は街の挨拶で逃げたけど、今日は逃げることはできない。

つまり、今日は前回着た水着とは、違うものを着ないとダメってことだ。しかも、シェリーの言葉からすると、毎日海に行くたびに違う水着を見たいようだ。

せめてもの救いは水着の種類が多く、選ぶことができることぐらいだ。

わたしはベッドの上に水着を並べる。わたしの水着を選ぶ基準は、どれを着たくないかになる。そうなると必然と着られる水着は減っていく。そして、残った水着は白と黒の色を使ったワンピースになった。

それに、初日にフィナが選んだビキニより、露出度は低めだ。

これなら、お腹も隠れるし問題はない。

誤解のないように言っておくけど、筋肉が少ないだけで、お腹が膨らんでいるわけじゃないよ。

でも、ぷよぷよの二の腕とか触ると、少しは体を鍛えたほうがいいかなと思ったりする。でも、過去に何度も筋トレに挑戦してきたけど、長続きしたためしがない。

クマ装備をしたまま、筋トレができればいいんだけど。そんなことができるわけがなく。わたしは小さく溜め息を吐く。

ワンピースの水着に着替えたわたしが、いつも通りに手と足にクマ装備を着けて部屋から出ると、水着に着替えたフィナとシュリが待っていた。

フィナはフリルが付いた可愛らしい水着で、シュリはクマの水泳帽子を被っている。ここからでは見えないが、シュリの水着のお尻には尻尾があると思う。

「ユナ姉ちゃん、こないだの水着と違う」

「本当です」

2人がわたしの水着を見る。

「シェリーに他の水着姿も見たいって言われたから」

「ふふ、ユナお姉ちゃん。優しいです」

「せっかく作ってくれたのに、着なかったら、可哀想だからだよ」

わたしだって、違う水着を着るのは抵抗はある。でも、一生懸命いろいろな水着を作ってくれたシェリーに、お願いされたのだ。いつも、頼みごとをしているわたしとしては、断れなかった。

「でも、その水着も、可愛くて似合っています」

「ありがとう」

お世辞として受け取って、わたしたちはクマビルを出る。

フィナたちと海にやってくると、子供たちは海辺で楽しそうに遊んでいる。

海の家（クマ）では院長先生とモリンさんが楽しそうに話している姿がある。

あまり一緒にいない組み合わせなので、新鮮に感じる。

「ユナお姉ちゃん、その水着は」

海辺で遊んでいたシェリーが駆け寄ってきた。胸のところに「シェリー」と書かれたスク水を着ている。

「その、今日はこれにしてみたんだけど」

シェリーがジッと見てくる。少し恥ずかしい。

「一昨日着ていた水着も似合っていましたが、その水着も似合っています。フィナちゃんとシュリちゃんもそう思うよね」

シェリーは隣にいるフィナとシュリに同意を求める。

「はい、ユナお姉ちゃん、似合っています」

「ユナ姉ちゃん、きれいだよ」

「あ、ありがとう」

わたしの顔は引き攣っていたかもしれない。

もっとも、採点が甘い3人だ。本当に似合っているかは疑問だけど、シェリーが喜んでいるのでよしとする。シェリーはわたしの水着を見て、「ここは変えたほうがいいかな？」とか「ユナお姉ちゃんには他の色もいいかも」とかいろいろと呟いている。

アンズたちのエプロンにクマの刺繍を頼んだときは、自分に自信がない女の子だったけど、裁縫店で働き始めて、変わってきたみたいだ。良いことだと思うけど、昔のシェリーが懐かしくも感じる。

水着を見たシェリーは満足したのか、みんなのところへ戻っていった。

「それで、ユナお姉ちゃん、手伝ってほしいことってなんですか？」

「フィナとシュリには確認をしてもらうだけだよ」

2人には、あるものを作ることにしたので、最初に試してもらおうと思って、お願いをしていた。

「確認ですか？」

フィナが小さく首を傾げる。

わたしはフィナとシュリを連れて、子供たちが遊ぶ砂浜から少し離れた位置に移動する。

このあたりでいいかな？

周囲には邪魔になるものも人もいない。

わたしは海に向かって立つと、大きなクマを波打ち際に作りあげる。クマは海のほうを見るように両足で立つ。もちろん、クマの姿はデフォルメされている。そして、クマにした理由は強度が高くなるためだ。

「クマさんです」

「大きいです」

シュリとフィナが大きなクマを見上げる。

わたしはクマに近づくとクマの足の後ろ部分に穴を開けて中に入る。クマの中は空洞になっている。中が暗いので、光の玉を出す。クマの顔をした光の玉がクマの体の中を照らす。

クマの中を明るくしたわたしは螺旋(らせん)状の階段を頭の位置まで作り上げる。そして、階段を上り、クマのお腹の位置まで来ると穴を開ける。目の前に海が広がる。次にわたしは海に向けて滑り台を作る。最後に滑り台の出発地点に水の魔石を取り付けて、魔石から水を流せば、ウォータースライダーのでき上がりだ。

「フィナ、ちょっと、滑ってみて」

後ろの階段のところで、わたしがすることを見ていたフィナにお願いをする。すると、フィナの横からシュリが顔を出す。

「ユナ姉ちゃん、これはなに!?」

「えっと、ウォータースライダーっていって、滑って遊ぶものだよ」

「すべるの?」

「うん、ここに座って、海に向けて滑っていくんだよ」

「わたしやりたい」

「別にいいけど」

フィナに頼んだんだけど、シュリが滑りたいみたいなので、許可を出す。

「シュリ、ちょっと待って」

フィナはシュリを止めようとするが、すでに遅く、シュリは滑り台に座って滑り始める。フィナが叫ぶけど、シュリは無事に滑り、海の中に着水する。ちゃんとルールを守って遊べば危険なことはないから、そんなに心配することはない。

シュリは海から上がってくると、階段を凄い速さで駆け上がってくる。

「ユナ姉ちゃん。もう一回いい？」

びしょ濡れのシュリがもの凄い楽しそうな表情で尋ねてくる。髪からは水が流れ落ちている。どうやら、シュリは気に入ってくれたみたいだ。

「この上にも作るから、少し待ってね」

わたしは螺旋階段の上に上り、クマの頭の位置までやってくる。

えっと口はこのあたりかな？

お腹同様にクマの口に穴を開ける。お腹の位置より高くなり、見晴しもいい。さっそくわたしはクマの口をスタート地点として、ウォータースライダーを作る。こっちは上級者向けにカーブをつけたり、螺旋にしたり、スロープをつけたりする。もちろん、途中で飛び出さないように、安全対策も忘れない。

最後に水の魔石を設置して完了。

「フィナ、来て」

フィナに声をかけると、フィナとシュリがやってくる。高いせいか、フィナは少し怖がっている。

「わたしが滑りたい！」

シュリが手を挙げるが、フィナが「わたしが危険がないか先に滑るよ」と言う。

安全対策もしているから、そんなに危険なことはないのに、妹が心配みたいだ。

「それじゃ、ここに座って」

わたしはフィナの肩を摑み、座らせる。

「ユ、ユナお姉ちゃん。ちょ、ちょっと待ってください」

「立っちゃダメだからね」

「お、押さないでください」

わたしは怖がるフィナの背中をそっと押す。フィナは叫び声をあげながら、ウォータースライダーを滑っていく。カーブを曲がり、螺旋をぐるぐると回り、スロープを通って着水する。

うん、いい感じだね。

着水したフィナは立ち上がると、わたしに向けて怒っている。どうやら、背中を押したことを怒っているみたいだ。

「ユナ姉ちゃん、わたしも、滑りたい」

「それじゃ、しっかり、座るんだよ。絶対に途中で立っちゃダメだからね」

「うん!」

シュリをウォータースライダーに座らせると、フィナと違って自分から滑りにいく。それと入れ違いにフィナがやってくる。

「う〜、ユナお姉ちゃん、酷いです」

「つまらなかった?」

「ちょっと怖かったけど、楽しかったです。でも、心の準備は欲しかったです」

せっかく作ったことだし、わたしも一度は滑ってみることにする。一応、危険がないか自分で確認しないと、子供たちを滑らせるのも危険だからね。

クマ靴をクマボックスにしまい、ウォータースライダーに座る。水がお尻の下を流れる。そして、勢いよく滑りだす。

おお、左右に揺られ、くるくると螺旋を回っていく。最後にスロープがあり、着水する。顔に水がかかる。

初めての経験だったけど、面白かった。もう少し高くしてもいいかもしれない。でも、年齢が低い子が多いから、今回はこれで十分だ。

あとはクマの中が暗いので、クマの目に穴をあけたりして、外の光を取り込むようにする。

うん、これで完成だね。

386 クマさん、ウォータースライダーで遊ぶ（4日目）

　わたしが満足げにクマのウォータースライダーを見ていると、カリンさんとネリンが子供たちを連れてやってきた。

「ユナちゃん、これはなに？」

　カリンさんがクマのウォータースライダーを見ながら尋ねる。

「ウォータースライダーっていう、滑って遊ぶ遊具だよ」

「ウォータースライダー？」

「見てもらったほうが早いね」

「フィナ、滑ってみて」

「うん」

「わたしもいく！」

　フィナとシュリがクマの中に入り、階段を上っていく。そして、クマのお腹からフィナが現れ、口のところにシュリが現れる。

　フィナはクマのお腹から出ているすべり台に腰を下ろすと、海に向かって滑ってくる。そのまま、バッシャと海に落ちる。

「わたしもいくよ！」

シュリがクマの口の上から大きな声で叫ぶと、腰を下ろし、滑ってくる。シュリの体は左右に揺れ、くるくると螺旋を回り、最後にスロープを滑って、そのままフィナと同じように海にバッシャと落ちる。

「面白そうなものを作ったわね」

「ユナお姉ちゃん、わたしもやってみたい」

「わたしも」

「僕も」

子供たちがフィナたちの楽しそうな姿を見て、次々と声をあげる。

まあ、もともと、みんなのために作った。だから、遊んでもらうのは問題はない。でも、監視してもらう人は必要だ。

ルリーナさんとギルも、他の子供たちを連れてやってきたので、監視役をお願いして、滑り方を教える。絶対に立ってはいけない。走らない、順番を守る。危険な滑り方をしない。前の人が滑り終わってから滑ること、などの説明をする。

「ユナちゃん、わたしたちも遊んでいいんだよね」

カリンさんとネリンが目を輝かせている。

「いいけど」

「それじゃ、わたしが危険がないか、1番ね」

「カリンお姉ちゃんずるい。それなら、わたしが2番です」

「カリンお姉ちゃんもネリンお姉ちゃんもずるい」

「ほらほら、騒がない。別に逃げたりしないから、順番だよ。約束が守れなかったら、壊すよ」

わたしの「壊す」って言葉でカリンさんとネリンだけでなく、子供たちも大人しくなる。

「それじゃ、みんな行こうか」

「は～い」

カリンさんとネリンは子供たちを連れて、クマのウォータースライダーの中に入っていく。

そして、クマの口からカリンさんが現れ、滑ってくる。「うわぁ」とか「きゃあ」とか叫びながら、滑り落ち、最後は海に落ちる。

「ユナさん、凄く面白いです」

「それなら、よかったよ」

それから、ネリンや子供たちも楽しそうな声を出して、滑っている。

すべり台は2つあるから、それほど並ばなくても順番が回ってくる。幼稚園ぐらいの子はクマのお腹から出る小さなすべり台で遊ばせ、小学生以上の年齢は上級者向けの口から滑るスライダーで遊んでいる。

子供たちは「きゃっきゃっ」と騒いでいる。こう見ると平和だね。とても、魔物がいる世界とは思えない。

階段を走るとギルに注意され、ゆっくりと上るようになる。

転んで怪我をしたら大変だからね。

アンズやセーノさんたちもやってきて、遊び始める。

そんななか、ルリーナさんは呆れたようにクマのウォータースライダーを見ている。

「魔法をこんなことに使うなんて信じられないし、簡単に作りあげてしまうユナちゃんの魔力に嫉妬するわね」

魔法使いであるルリーナさんがそんな感想をもらす。

動く島に行くために、みんなの目をクマのウォータースライダーに向けるのを目的に作ったけど、みんなが喜んでいる姿を見ると、作ってよかったと思う。

さらに、ルリーナさんも「アンズちゃんに監視役を頼んで、わたしも遊んでこようかしら」と言って、クマのウォータースライダーの中に入っていく。

これで全員の目がクマのウォータースライダーに向いた。

ノアたちもいないし、様子を見て抜け出して、動く島に行こうと考えていると、横から誰かが、わたしの手を握る。横を見ればシュリとフィナの姿があった。

もしかして、気付かれた？

「ユナ姉ちゃんも一緒に遊ぼ」

「えっと、わたしはいいよ」

遊んだら、謎の島に行けなくなる。

「今日は遊ぶ約束したよ」

「はい、ユナお姉ちゃん。一緒に遊びましょう」

2人はわたしの手を左右から引っ張る。

シュリとフィナに頼まれては断ることもできない。甘いと言えばそれまでだけど、2人の手を振りほどいてまで、謎の島に行こうとは思わない。だからと言って、島も捨てきれないけれど。

だから、わたしは2人にはこう言う。

「少しだけだよ」

「うん！」

「はい！」

2人は嬉しそうに返事をする。

でも、その約束は別の理由で、本当に少しだけになった。

そう、自分の体力のなさを考慮していなかった。

わたしたちは子供たちに交じって、クマのウォータースライダーに並び、フィナたちと一緒に滑った。

自分で作ったけど、意外と面白い。

子供時代に経験したことがなかったこともあるかもしれない。

フィナとシュリに何度も「もう一度」とお願いされ、階段を上り、ウォータースライダーを滑った。

わたしも楽しかったから、断らなかった。

でも、わたしには何度も螺旋階段を上がる体力はなかった。

クマ靴がないわたしの足が、その苦行に耐え切れるわけもなく、早々にダウンする。

「ユナ姉ちゃん、大丈夫？」

シュリに手を引っ張られるわたし。

もう、階段を上ることはできない。足の限界だ。足がピクピクとしている。

そんなわたしの目の前では子供たちが元気に階段を駆けるように上っていく。

いつも思うけど、子供の体力は凄いね。わたしの体力は子供以下だ。

わたしは海の家(クマ)で休むことにする。

フィナとシュリは、まだ遊びたそうにしていたので、「遊んでいいよ」と言って、わたしはふらつきながら一人で海の家(クマ)に戻ってくる。そして、海の家(クマ)の中に倒れる。

「ふふ、ユナさん、お疲れさまです」

院長先生が微笑みながら冷えた水が入ったコップを差し出してくれる。わたしはお礼を言って受け取る。院長先生の側には、遊び疲れた小さな子供が休んでいる。

「それにしても、ユナさんは本当に凄いですね。簡単にあんな大きなものを作ってしまって」

「院長先生のほうが凄いですよ。身寄りのない子供たちの面倒を見るなんて、簡単にできませんよ」

わたしの力は神様からのもらいものだ。でも院長先生の行いは自分の力によるものだ。比べること自体が間違っている。凄さのベクトルが違う。院長先生は自分に力がなくても、子供に手を差し伸べる。もし、わたしは自分に力がなければ、孤児院に手を差し伸べることはしなかったと思う。自分に余裕がなければ他人に気を使うことはできない。そう考えるだけでも院長先生は凄いと思う。

「ふふ、そんなことはないですよ。ユナさんがいなかったら、あの子たちはあんな笑顔はできませんでした。だから、ユナさんには感謝しています」

あらためて褒められると、恥ずかしくなってくる。わたしは院長先生が用意してくれた残りの水を一気に飲み干して、恥ずかしさを紛らわす。

それから院長先生から、あらためて鳥のお世話の仕事やお店の仕事のお礼を言われたり、旅行に連れてきたことへのお礼を言われたりした。わたしはお礼を言われるたびに「もう、これ以上褒めないで」と叫びたくなった。

わたしは動く島に行くのは保留して、院長先生とモリンさんと会話をしたり、昼食の準備を手伝ったりした。

子供たちはお昼を食べると、遊びの疲れが出たのか、お昼寝をする子も出てくる。

こういうところを見ると、子供は子供なんだと思う。

リズさん、ニーフさんも子供たちの相手で疲れたのか、一緒に寝ている。

わたしが海の家に寝ている子供たちを見ていると、昼食の片づけを終えたカリンさんとネリンがやってくる。

「たくさん遊んで、たくさん食べたら、寝ちゃったね」

「子供たち元気すぎるからね」

「2人とも楽しんでいる？」

「うん、楽しんでいるよ」

「こんなに遊んだの、久しぶりかも」

「初めは、この格好で遊ぶのは恥ずかしいと思ったけど、みんなが着ているから」

「あと、女の子ばかりだからね」

「ギルさんに見られるのは恥ずかしいけど」

大人の男性はギルしかいない。そう考えると、この状況はギルのハーレム状態だね。

そのギルはミレーヌさんと一緒に、まだ元気な子供の相手をしてくれている。

本当に2人には来てもらってよかった。

「あのウォータースライダーでしたっけ？　凄く面白いです」

「わたし、何度も滑っちゃいました」

「安全に作ってあるけど、立ったり、ふざけたりすると、危ないから。2人もそうだけど、子供たちに見張っていてね」

2人は「はい」と返事をすると、海に遊びにいく。


様子を見て、動く島に行こうと思っていると、海の家の外から、叫び声があがる。

「これはなんですか！」

声がしたほうを見ると、ノアたちがクマのウォータースライダーを見ている。

「ノア？」

「ユナさん、あれはなんですか!?」

「ウォータースライダーっていう、滑る遊具だよ」

ノアはウォータースライダーとわたしを交互に見る。

「どうして、わたしがいないときに、作るんですか。いじめですか？　嫌がらせですか？」

「そんなつもりはないよ。みんなに楽しんでもらおうと思って作っただけだよ」

動く島に行くために、みんなの注意を引くものを作ったとは言えない。

「だからって、わたしが町を見学している間に、作ることはないです」

「でも、早かったね。町の散策はいいの？　クリフやグランさんに見てくるように言われたんでしょう」

「お昼には戻ってくるので、一緒に遊びましょうと、お話ししたと思いますが」

ああ、そんなことを言っていたような。

「ミサ、お姉さま。わたしたちも着替えて、遊びましょう」

ノアたちは海（クマ）の家の中に入り、更衣室へ着替えにいく。

「ユナ、わたしたちは少し休ませてもらっていい？」

マリナとエルは少し疲れた表情をしている。

ノアたちの護衛で疲れたのかな？

「いいけど。あとで、ルリーナさんたちと代わってくれると嬉しいかな」

「了解」

「あとで、交代しに行くわ」

マリナとエルは座って休む。

ノアたちが水着に着替えてやってくる。

これは付き合わないとダメかな。

わたしはノアたちと一緒にクマのウォータースライダーに向かう。

「どうやって、遊ぶんですか？」

「見ての通りに、階段を上って、すべり台になっているから、座って滑るだけだよ」

女の子が滑ってくるところだった。

「それだけなんですね」

「あと、危険だから立ったり、騒いだりしたらダメだよ。もちろん、順番を抜かしたりするのも」

「しません。それじゃ、ミサ、お姉さま。行きましょう。もちろんユナさんも」

わたしはノアに手を引っ張られ、そのあとをミサとシアがついてくる。

海の家で昼寝をしている子が多いこともあって、すぐに順番が回ってくる。

「高いです」

「本当です」

「ここからの景色も綺麗だね」

3人はクマの口から海を眺める。

「それでは、誰から行きますか？」

「ちょっと、高いから怖いです」

「それじゃ、姉であるわたしから行くよ」

シアがすべり台のところに腰を下ろす。

「水が出て、滑りやすくなっているのね」

「お姉さま、頑張ってください」

「シアお姉さま、気を付けてください」

「それじゃ、行ってくるね」

シアは手を離すと、滑りだす。

体が左右に揺れ、くるくると螺旋を回り、最後のスロープを勢いよく曲がって、海に着水する。

海に着水したシアはすぐに立ち上がり、わたしたちに向かって手を振る。

「次、わたし行きます！」

ノアがすべり台に座ると、一気に滑っていき、綺麗に着水する。そして、すぐに立ち上がり、

「ミサも！」

ミサもすべり台に座って、滑っていき、こちらも無事に着水する。

「ユナさん、楽しいです」

「面白かったです」

「学園のプールにも欲しいかも」

それぞれがクマのウォータースライダーの感想を言う。
それから、フィナやシュリも加わり、わたしが倒れるまで、一緒に遊んだ。

わたしは、また海（クマ）の家で倒れている。

フィナやノアたちを遊んで、見事に体力が切れた。

シュリとフィナ、ノアにミサ、さらにはシアまで、倒れているわたしを心配そうに見ている。

「大丈夫だよ。少し疲れただけだよ」

「ユナさん。わたしを護衛してくれたときの黒虎（ブラックタイガー）やウルフを倒した格好いいユナさんや、わたしのためにルトゥム様と試合をしてくれた強いユナさんはどこにいったんですか」

倒れているわたしを見て、シアが不思議そうに見ている。

そうだよね。シアはわたしの戦いを見たことがある数少ない人物になる。黒虎（ブラックタイガー）との戦いを見たシアからしたら不思議に思うのはしかたない。

だからと言って、「クマ装備があったからだよ」とは言えない。

「あのときは魔力で体を強化していたんだよ」

クマさんがなければ無力な存在だよ。

「そうだったんですか？」

「だから、遊ぶときぐらいは普通に、と思ったんだけど」

この有様だ。

わたしはしばらく休むから、5人には遊びに行くように言う。

5人はお互いの顔を見て悩みだす。わたしが「疲れているだけだから大丈夫だよ」と言うと5人はウォータースライダーに遊びに行く。

付き添いにはマリナとエルが行ってくれたので、2人に任せる。

動く島に行くために、クマのウォータースライダーを作ったけど、一緒に遊ぶ羽目になって、こんなに疲れるとは思わなかった。

でも、みんなが遊びに行った今がチャンスだ。

わたしは腰を上げる。

ピンチはチャンスとはよく言ったものだ。

わたしはクマボックスからクマの着ぐるみを取り出して、クマ装備に身を包む。

そして、わたしは神聖樹のお茶を出して飲む。効果があるか分からないけど、飲まないよりは疲れが取れるはずだ。

でも、なんとなくだけど、疲れが取れる感じがする。

あとは気付かれないように海の家（クマ）を離れるだけだ。

「ユナさん、どこかにおでかけするのですか？」

海の家（クマ）に残っている院長先生が声をかけてくる。

モリンさんもわたしのことを見ている。

「ちょっと、行きたいところがあるので行ってきますね。子供たちのことはお願いします」

「ええ、気をつけて行ってくださいね」

「でも、夕食までには帰ってきてちょうだいね」

あとのことは院長先生とモリンさんにお願いして、クマの家を出ようと入り口を見ると、フィナとシュリの2人の姿があった。

「ど、どうして、フィナとシュリがここに？　みんなと一緒に遊びに行ったんじゃ」

2人の登場にわたしは慌てる。ちゃんと、海（クマ）の家を出ていったのを確認した。それがなんでいるの？

「シュリが、トイレに行きたいって言いだしたから、戻ってきたんです」

トイレに駆け込んでいくシュリの姿がある。

漏らさないでよかったけど、タイミングが悪かった。

「もしかして、ユナお姉ちゃんはどこかに行くんですか？」

フィナなら本当のことを言っても大丈夫だと思う。でも、シュリが話を聞いたら、ついていきたいと言い出しそうだ。どうしようかと悩んでいると、別のところから声をかけられる。

「ユナさんは一人でどこかに行くみたいだよ」

声がした場所を見ると、冷蔵庫の前で飲み物を飲んでいるシアの姿があった。

「どうして、シアまで」

「遊びに行く前に水分補給をしに来ただけですよ。そしたら、ユナさんがクマさんの格好に着替え始めたの」

……気づかなかった。てっきり、ノアと一緒に海に行ったと思っていた。

そうなると、シアには着替えシーンから、院長先生との会話まで聞かれていたことになる。

「うぅ……」

「ユナ姉ちゃん、どっかに行くの？」

今度はトイレから戻ってきたシュリが尋ねてくる。

ううぅ、これ以上の嘘は……。

すでにクマの格好はしているし、院長先生との会話も聞かれている。ごまかす言葉が出てこない。

「ユナ姉ちゃん、一緒に遊ばないの？」

シュリが純真無垢な目でわたしを見る。これがゲンツさんが喰らった目だ。この目には嘘を吐くことができない。わたしは耐えきれなくなって、シュリから視線を外す。でも、避けた先にはフィナがいた。

「もしかして、あの急に現れた島に行くんですか？」

「ど、どうして、そのことを!?」

フィナに言い当てられて、わたしは驚く。

「やっぱり」

わたしは口を塞（ふさ）ぐが、時すでに遅しだ。

「だって、ユナお姉ちゃん、クロお爺ちゃんに島のことを凄く興味深そうに聞いていました。それに船の上でも島の場所を聞いていました。あと、ノア様が島のことを話してきたら、ごまかそうとしていました」

フィナが理由を次々と並べていく。フィナにはバレバレだったみたいだ。でも、そんなに顔に出ていたかな？

ポーカーフェイスは得意と思ったんだけど。わたしは左右のクマさんパペットで、頬の筋肉をほぐす。

「フィナの言う通り、ちょっと島を見に行こうとしていたんだよ。でも、みんなが一緒に島に行きたいと言い出したら困るから、黙って行こうと思ったんだよ。島になにがあるか分からないからね」

もし、わたしが行くと言い出せば、ノアも「わたしも行きたいです」と言いだしたと思う。

「だから、ちょっと島に行ってくるけど。みんなには内緒にしていてね」

とくにノアには、と心の中で付け足す。

「漁師の間で噂になっている島ですね。ユナさん、わたしもついていっていいですか？」

「……!?」

「えっと、シア？　わたしの話を聞いていたよね？」

「だって、面白そうだから、誰でも行ってみたいと思いますよ」

ここは姉妹と言うべきか、シアもそんなことを言い出した。そうなると必然的に「わたしも行きたい」とシュリが言いだす。

わたしは助けを求めるようにフィナを見る。

でも、フィナはわたしの顔色を窺いながら「わたしもついていっていいですか？」と言いだした。

「それに、シュリをおいていくとノア様に知られると思いますよ」

「シュリちゃんが話さなくても、わたしが話すかもしれないけど」

シアが少しいたずらっぽっく言う。

わたしの味方が一人もいない。

でも、フィナがそんなことを言いだすのは珍しい。いつもならシュリを止める役なのに。

「その、ユナお姉ちゃんと一緒に遊びたいです」

そんなことを言われたら断れなくなる。

わたしは小さくため息を吐く。

「……みんなには内緒だよ」

「やった～」

「はい！」

「誰にも言わないですよ」

わたしはもう一度、ため息を吐く。

ウォータースライダーを作って、みんなの興味をそっちに向けさせて出発する作戦は失敗に終わった。正確には半分は成功したと、自分を納得させる。

「あと、わたしの指示には従ってもらうからね」

くまゆるもくまきゅうもいるし、探知スキルもある。それに危険なことがあればくまゆるとくまきゅうに乗せて、3人を逃がせばいい。

「でも、その格好じゃ連れていけないから、着替えてきて」

3人の水着姿を見る。流石(さすが)に水着姿で砂浜以外を歩くわけにはいかない。

わたしは私服に着替えさせたフィナたちを連れて、皆に気づかれないように海の家(クマ)をあとにする。

さて、問題はどこから行くかだ。くまゆるとくまきゅうに乗っていくつもりだけど。ここから出発すると、子供たちに気づかれる。

本当は港から行くのが一番だけど、漁師もいるだろうし、港の近くの砂浜ではわたしたち以外の地元民や旅行者が遊んでいる。そんな人の目があるところから、くまゆるとくまきゅうに乗って行くわけにもいかない。

一度、町から出たほうがいいかもしれない。わたしはフィナたちを連れて町の外に向かう。

「あれ、ユナさん。港に行かないの？」

港に向かわずに町の外に向かうわたしにシアが尋ねる。

「行かないよ。誰にも気付かれないように行くからね。一度、町から出て、それから、くまゆるとくまきゅうに乗って島に向かうよ」

「くまゆるちゃんたちに乗っていくんですか？　でも、それだと服が濡れますよ」

「それなら服を脱いで、水着になればいいんじゃない？　みんな服の下は水着でしょう。服はアイテム袋に入れていけばいいし」

フィナの言葉にシアは自分のスカートの裾を摑(つか)む。服の下は水着になっている。急いでいたので、みんなには水着の上に服を着てもらった。

泳ぐくまゆるとくまきゅうに乗れば濡れるかもしれないが、今回はスキルを使って海の上を走っていくつもりだ。海の上を走れば、服が濡れることはない。ただ、くまゆるとくまきゅうが海の上を走れることを教えてもいいのか悩むところだ。

だけど、3人はくまゆるとくまきゅうが召喚獣だということを知っているし、子熊になれることも知っている。今さら、水の上を歩くことが増えたぐらい、なんとも思わないよね？

町の外に出るために門の近くにやってくると、いつもの門番の男性がいる。

「嬢ちゃんたち、外に行くのか？」

「ちょっとね」

「まあ、嬢ちゃんがいるから大丈夫だと思うが、気を付けるんだぞ」

わたしは３人を連れて町を出る。そして、くまゆるとくまきゅうを召喚する。

「それじゃ、３人とも乗って。フィナとシア。わたしとシュリだね」

体格的にこの組み合わせがベストだ。着ぐるみ姿のわたしが一番幅を取るから、一番小さいシュリと一緒に乗ったほうがいい。

くまゆるにはフィナとシアが乗り、くまきゅうにはわたしとシュリが乗る。わたしたちを乗せたくまゆるとくまきゅうは走りだし、町から離れていく。そして、しばらく進むとクラーケンと戦った崖（がけ）が見えてくる。

「クマ？」

「くまさんが海の中にいるよ」

「本当です。クマさんです」

クラーケンを囲って逃がさないようにしたときに作ったクマの石像だ。クロお爺ちゃんに頼まれて、そのまま残っている。３人は海の中にあるクマの石像を不思議そうに見ている。

ここにこれがあることを、すっかり忘れていた。

「もしかして、あのクマさんはユナさんが作ったんですか？」

シアが尋ねてくる。

クマ＝わたしだから、そう思うよね。

まあ、実際にわたしが作ったし。

ここで否定しても、信じてもらえないことは分かっている。だから、ここは口止めをお願いするほうが得策だ。

「うん、まあ。みんなには内緒にしておいてね」

ノアや子供たちに知られたら、絶対に見に行きたいと言いだすと思う。

「あと、作った理由は秘密だからね」

聞かれる前に先手を打っておく。

尋ねようとしていたシアは「残念です」と言う。

そして、崖の近くまでやってくる。３人は相変わらず海にあるクマを見ている。でも、出発するのは、このあたりがちょうどいいかもしれない。遠くにミリーラの町が見えるが、人が何をしているかなんて分からない。町から見ればゴマ粒ぐらいにしか見えないはずだ。

「それじゃ、ここから島に向かうよ」

「ユナお姉ちゃん、服を脱がないと服が濡れちゃうよ」

「大丈夫だよ。でも、今回のことは全部内緒だからね。くまゆる、くまきゅう、お願いね」

くまゆるとくまきゅうは「「くぅ〜ん」」と鳴くと海に向かって飛びだす。

「服が！」

「…………！」

「…………!?」

くまゆるとくまきゅうは海に飛び込むことなく。海の上を走りだした。

388 クマさん、謎の島に上陸する（４日目）

フィナたちは叫ぶが、くまゆるとくまきゅうは海には飛び込まず、波が寄せる中、海の上を駆けていく。水溜まりの上を跳ねるようにでなく、本当に地面を走るように水面を走っていく。

「く、くまきゅうちゃんが、海の上を走ってるよ！」

シュリが初めてくまゆるとくまきゅうに乗ったときのように大喜びする。フィナとシアは驚いて声も出せないでいる。海には遮るものは何もない。船もいない。くまゆるとくまきゅうは青い空の下、青い海の上を駆けていく。

わたしはどこで人が見ているか分からないので、くまゆるとくまきゅうには陸から離れるように指示を出す。

「ユナお姉ちゃん！　くまゆるとくまきゅうが海の上を走っています。どうなっているんですか！」

我に返ったフィナが尋ねてくる。

「くまゆるとくまきゅうの能力だよ。３人とも、このことは秘密でお願いね」

「誰にも言いません。でも、海の上を走るなんて信じられません」

「くまゆるちゃんとくまきゅうちゃんが小さくなれることにも驚いたけど、今回のことも驚きました」

　フィナとシアが海の上を走るくまゆるとくまきゅうを見て、そんな感想をもらす。

「でも、こんなことができるなら、初めに言ってほしかったです。海に飛び込んだ瞬間、心臓が止まるかと思いました」

「服が濡れるって思ったよね」

「でも、水しぶきで、少し濡れるかもしれないから、気をつけてね」

　言っておいてなんだけど、どう気を付ければいいのか分からないけど、忠告だけしておく。

「でも、ノアじゃないけど、くまゆるちゃんとくまきゅうちゃんは欲しくなるね」

「わたしも欲しい〜」

　シアがそんなことを口にするから、シュリまでそんなことを言いだした。

「くまゆるとくまきゅうはわたしの家族だからね。あげられないよ」

「それなら、ユナさんと結婚すれば、くまゆるちゃんとくまきゅうちゃんと一緒にいられるってことですね」

　シアが笑みを浮かべて、冗談気味に言う。

「ユナ姉ちゃんと結婚すれば、くまゆるちゃんとくまきゅうちゃんと一緒にいられるの？」

　シアがバカなことを言うので、シュリがそんなことを言いだす。

「結婚すればそうだけど。女の子同士は無理かな」

　シュリとはもちろん結婚はできない。そもそも、わたしに結婚願望はないし、男の人とずっと一緒にいるってイメージが沸かない。そう考えると、一生結婚できないかもしれない。まあ、それはそれで問題はないからいいけど。

「でも、水の上を走る経験ができるとは思わなかったですね。お母様にいいお土産話ができました」

「だから、誰にも話さないでね」

「お母様にもダメですか?」

　……わたしは想像してみる。

　エレローラさんに知られる。まずクリフと国王に知られるよね。そして、クリフからノアへと伝わる。

　国王ルートを考えてみる。フローラ姫とティリアと王妃様の3人には話しそうだね。息子の王子に話すかはわからないけど。

　とりあえず、広まるのはよくない。

「エレローラさんに知られたら、クリフや国王に話すと思うから、内緒でお願い」

「確かにお母様なら話しそうですね。ユナさんに嫌われても困るので、黙っておきます」

「フィナもシュリも、ティルミナさんとゲンツさんにも言っちゃダメだからね」

「はい」

「うん」

2人も素直に約束してくれる。2人はクラーケンの件も、ティルミナさんにくすぐられても黙っていてくれた。シュリはときどき我儘は言うけど、基本的には約束を守ってくれるいい子だ。

くまゆるとくまきゅうは海の上を走り、陸から離れる。わたしはクマの地図で謎の島の位置を確認する。地図が一定の距離しか把握できないのは不便だが、昨日、クロお爺ちゃんに近くまで行ってもらったので、およその方角は分かる。えっと、港があっちだから、島はこっちの方向だね。

わたしはクマの地図を見ながら、昨日、クロお爺ちゃんに教わった謎の島にくまゆるとくまきゅうを向かわせる。

「あっ、ユナ姉ちゃんが作った、くまさんが見えるよ」

シュリが遠くの海岸のほうを指さす。その指の先にはクマのウォータースライダーがある。大きなクマのため、離れた位置からもよく見える。でも、クマのウォータースライダーで遊ぶ子供たちの姿は、微かに小さな人らしきものが動いているように見える程度だ。

その程度なら、向こうからわたしたちが見えても、同じようにしか見えないはずだ。

「ここから、ノアたちの姿が見えたりはしないよね」

「ノア姉ちゃん？　見えないよ」

「はい、小さくて見えません」

「流石(さすが)に、この距離だと見えないね」

どこかの部族の人みたいに視力が5・0とかで見えたりしないようでよかった。視力が5・0って想像もできないけど、どのくらいの距離まで把握できるもんなんだろうね。

こっちの世界なら、狩人とかなら、そのぐらいの視力があったりするのかな？　でも、フィナたちが見えないなら、大丈夫かな。


クマの地図を確認しながらしばらく走り続けると、目的の島が見えてくる。クロお爺ちゃんが教えてくれた方向と、地図を照らし合わせる。間違いなくあの島だ。

クロお爺ちゃんの話じゃ、数日で消えている可能性もあったけど、まだあってよかった。

「あの島がそうなの？」

「教えてもらった情報が間違いないならね」

クロお爺ちゃんは年はいっているけど、ボケていない。他の漁師より、しっかりしているぐらいだ。見間違えることはないはずだ。

島に近づくと、くまゆるとくまきゅうの速度を落とす。

「それじゃ、島に行く前に注意事項の確認ね。危険があったらすぐ戻る。勝手に行動しない。

そうだね、シアはともかく、フィナとシュリは、わたしの指示があるまで、くまゆるとくまきゅうから降りちゃダメだからね」

「はい」

「うん」

ちゃんと返事をしてくれる2人。

もし、危険なことがあれば、くまゆるとくまきゅうの上に乗っていれば逃がすこともできるし、守ることもできる。

「わたしは守ってくれないんですか？」

「ちょっとしたことなら、シアなら自己防衛できるでしょう。本当に危険だったら、わたしの指示に従ってもらうよ」

もちろん、シアも守るけど、自由を束縛するつもりはない。

3人に注意事項を伝え、さらに島に近づく。

クロお爺ちゃんの言うとおりに島の周囲には大きな渦潮がうねっている。さらに島の周りは不自然に波が立っていたりする。

これじゃ、船で島に上陸するのは簡単にできないね。渦潮に巻き込まれれば、脱け出すのは難しい。この渦潮を見て、よく船で行こうと思った漁師がいたものだ。素人でも危険と分かりそうなんだけど。よほど、自分の操舵技術に自信があったのか、バカなのかのどちらかだろう。

「ユナお姉ちゃん、水がぐるぐると回っているよ」

「ユナ姉ちゃん。怖い」

前に座るシュリがくまきゅうをぎゅっと掴む。

確かに、近くで見ると怖いかもしれない。見ているだけで、渦潮に吸い込まれていく気分になる。

「くまきゅうに乗っていれば大丈夫だよ」

「でも、これじゃ島に近づけないですね」

「このぐらい、くまゆるとくまきゅうなら大丈夫だよ。問題は島に上陸する場所だね」

船じゃ無理だけど、わたしたちが乗っているのは船じゃない。くまゆるとくまきゅうだ。過去に、激流の川を渡った経験もある。渦潮ぐらい、どうってことはない。わたしは島を右回りに回って、上陸しやすい場所を探す。一部、崖が低い場所を見つけた。ここから島に上陸することにする。

「渦潮の上を通るから、ちょっと揺れるかもしれないから、しっかり掴まっていてね」

まあ、落ちたりはしないけど、注意だけはしておく。基本、くまゆるに乗ると吸いつくようにフィットして、落ちたりはしない。でも、自分から降りる気持ちがあれば落ちる可能性もある。

だから、落ちないって心構えは必要だ。３人はそれぞれ落ちないように、くまゆるとくまきゅうに抱きつく。

それを確認したくまゆるとくまきゅうは駆けだし、跳ねるように渦潮を飛び越えていく。数回のジャンプで、島に上陸する。

「本当に渦潮を越えちゃった」

「くまきゅうちゃん、凄いです」

まずは、探知スキルを使って、周囲の確認をする。範囲内には魔物の反応はない。くまゆるとくまきゅうも危険を知らせる反応は示さない。でも、魔物の危険がなくても普通の獣がいる可能性もある。

わたしはくまきゅうから降りる。

「２人は降りちゃだめだからね」

「はい」

「うん」

２人は返事をする。

「こういう場所に来ると、ワクワクしてきますね」

シアはくまゆるから降りるとアイテム袋から剣を取り出して、腰にぶら下げる。

確かにワクワクする。新しい場所に行くのは楽しい。でも、それは一人より、フィナたちがいるからかもしれない。ゲームもソロより、気が置けない知り合いと一緒だと楽しいからね。

ソロ経験が多いわたしが言うのだから、間違いない。

「ユナ姉ちゃん、お宝あるかな？」

シュリが目を輝かせながら尋ねてくる。もしかして、お宝が欲しかったから行きたいって言いだしたの？

「さあ、どうかな？　シュリはお宝が欲しいの？」

「見つけたら、お母さんとお父さんにあげるの」

ティルミナさんとゲンツさんに？　予想外の言葉が出てきた。

わたしはフィナのほうを見る。

「えっと、フィナ。そんなにお金に困っているの？　家計苦しいの？」

10歳の女の子相手によそ様の家計の心配をするのもあれだけど、気になったので尋ねてみる。

一応、わたしは雇い主だ。家計が苦しいなら、お給金アップも考えないといけない。

でも、ティルミナさんにお給金はそれなりにあげているはず。それにゲンツさんも冒険者ギルドで働いている。お金に困ったりはしてないと思うんだけど。

もしかして、ゲンツさんが酒に溺れているとか？

「えっと、お金に困ったりはしてないです。シュリ、どうしてお宝をお母さんとお父さんにあげるの？」

「家族が増えたら、お金がかかるって言っていたよ」

「家族⁉」

もしかして、ティルミナさんのお腹に赤ちゃんが？

「フィナ、そうなの？」

「わ、わかりません」

どうやら、フィナは分からないみたいだ。もし、本当にティルミナさんのお腹の中に赤ちゃんがいるなら、お祝いをしないといけないね。

でも、シュリ、そんなことを考えていたんだね。

「お宝はないかもしれないけど、なにか、お土産を見つけられるといいね」

「うん！」

まずは島の地形を確認するために、海沿いを回ることにする。先頭はわたしとシア、後ろをくまゆるに乗るフィナ、くまきゅうに乗るシュリと続く。

見た感じ、長い間、人が通った形跡はない。草木も生え放題だ。中心に行く前に海岸線を軽く確認することにする。

389　クマさん、島を散策する（4日目）

島の海岸を歩く。海岸線は意外と草木が少なく歩きやすい。

「海がぐるぐると回っています。見ていると、飲み込まれそうです」

歩みを止めて、崖から下を見ていると、シアが表情を強張らせる。

「落ちたら、助けられないから、気を付けてよ」

海の中に落ちたら、流石のわたしでも助けに行くのは難しい。クマの装備も海の中までは万能ではない。そもそも、海の中で自由に動けたら、クラーケンとも戦うことができた。クマ装備も水の中では無力だ。

「でも、遠くは綺麗（きれい）です」

確かにフィナの言う通り、遠くには綺麗な青い水平線が見える。

「海がどこまでも続いています」

フィナは両手を広げて、大きく息を吸う。それをシュリがマネする。

「ユナお姉ちゃん。この海の先には何があるんですか？」

「う～ん、行ったことがないから分からないけど。ずっと先には陸があって、そこには見知らぬ人が暮らしていると思うよ」

ファンタジーだと、強い魔物が住む大陸があったり、人とは違う種族が住んでいたり、魔族が住んでいたりする。でも、この海の先には、お米の国、和の国があるらしい。

「見てみたいです」

「わたしも～」

「そうだね。いつかは行ってみたいね」

いつかは別の大陸に行ってみたいものだ。ここから行くならまずは和の国になるのかな。

「とりあえず、危険だから、あまり近づいちゃダメだからね」

フィナたちは「は～い」と返事をすると、フィナとシュリを乗せたくまゆるとくまきゅうは崖から離れる。

わたしたちは崖には近寄らないようにして、海岸線を歩く。

トコトコと歩いていると、くまゆるに乗っているフィナが声をあげる。

「ユナお姉ちゃん。オレンがあります」

目の前にオレンの実がなっている木があった。

まあ、見た目も味も、そのまんまオレンジだ。クリモニアでも普通に売っているので、よく買って食べている。

オレンの木は何本もあり、誰も採っていないので、たくさん実がなっている。

やっぱり、人はいないみたいだね。

わたしは軽くジャンプして、美味しそうなオレンを採る。そして、みんなに配る。

「美味しそうです」

「ありがとうございます」

「ユナさん、簡単に凄いことをしますよね」

皮を剝いて、オレンの実を食べる。いつも食べているオレンより美味しい気がする。

「くまきゅうちゃん、あ〜ん」

シュリが手を伸ばしてくまきゅうの口の前に差し出すと、くまきゅうは首を曲げて上手に食べる。それを見たフィナがマネをして、くまゆるに食べさせる。

さらに歩くとリンゴがなっている木を見つける。

シュリが食べたそうにしていたので、オレンと同様に採ってあげる。

もしかして、この島は果物の宝庫？

「誰も採りにこないから、果物が食べ放題ですね」

シアが美味しそうに果物を食べている。

確かに誰も島に来ないので、果物は手付かずになっている。

まあ、島の周りに渦潮があれば、簡単に島に上陸することは難しいし、果物のために来るのはリスクが高すぎる。

「それに綺麗な場所ですね」

シアの言う通り、遠くを見る分には見晴らしはよく、綺麗だ。ただ、崖の下を見ると渦潮がうなっているので、怖さも感じる。天国と地獄の境と言われても違和感はない。

一番の不安はフィナとシュリが落ちないかだけど。2人とも言い付けを守ってくまゆるとくまきゅうに乗っているので、その心配もない。

シュリのほうを見ると先ほど採ってあげた2つのリンゴの1つをくまきゅうにあげて、もう一つのリンゴを小さな手で持って、美味しそうにかじっている姿がある。

「くまきゅうちゃん、美味しいね」

「くぅ～ん」

同様にフィナもくまゆるに食べさせている。

果物がこんなになっているなら、クマの転移門を置いて、好きなときに採りに来るのもいいかもしれない。

そんなことを考えながら歩いていると、フィナがなにかを見つける。

「ユナお姉ちゃん。緑色の変な形のものがあるよ。あれも食べられるのかな？」

フィナが指さすほうを見ると、バナナだった。まさか、バナナまであるとは思わなかった。

でも、バナナは緑色ですぐには食べられそうもなかった。

「バナナという、食べ物だね」

「美味しいの？」

「美味しいけど、まだ、食べられないかな」

「そうなの」

シュリが残念そうにする。

でも、わたしも食べたいし、今度採りに来ようかな。

そう考えるとやっぱりクマの転移門を設置したいね。


それにしても、おかしい。

わたしはあらためて周囲に生えている植物を見る。

やっぱりこの島はいろいろとおかしい。

「ユナさん。この島、なにかおかしくないですか？」

「シアもそう思う？」

地域や季節がバラバラの果物の木があったり、植物が生えている。あれは椰子(やし)の木だよね。

小さな島に世界の植物があるって感じだ。この島が世界中を動いているなら、鳥が種とか運んでくる可能性は十分にあり得る。

でも、それが育つかは別の話になる。

「わたしも学園にある図鑑で見ただけだから、はっきりとは言えませんが、違う地域の植物が生えてます」

「だよね」

シアの言葉にわたしは頷く。

初めはオレンやリンゴがあることに喜んだけど、バナナとか椰子の木とか、同じ島にあるなんてありえないでしょう。いくら、動く島でいろいろなところに行っているとしても、環境が違う植物が育つのはありえない。

もしかして、変な島に来ちゃったかな？

もう一度、探知スキルで確認するが、魔物の反応はない。わたしの考えすぎならいいんだけど。

「そんなに変なんですか？」

なにが変なのか分からないフィナが尋ねてくる。

「そうだね。あの木がリンゴの木と一緒にあるのが、まずおかしいね」

わたしはバナナがなっている木をさす。

「植物はね、その地域によって、育つものが違うんだよ。気温や降水量とかの関係で」

「降水量？」

「雨の量のことだよ。雨が降らない地域や、雨がたくさん降る地域もあるんだよ。だから、そういう場所でしか、育たないものもあるんだよ」

「そうなんですね。知りませんでした」

まあ、フィナもシュリも学校に行っていないし、初めて見る植物もあるだろうし、知らなくてもしかたない。

「わたしも学園で知ったから、恥ずかしがることはないよ」

シアがフォローしてくれる。


わたしたちは周囲を確認しながら、島を半周ほどすると、開けた場所に出る。ここまでに魔物の反応はない。この島には魔物はいないみたいだ。獣にも出くわしていない。

これは本当にいい島を見つけたかもしれない。

わたしがそう思っていると、くまゆるに乗っているフィナがなにかを見つける。

「ユナお姉ちゃん、あれは？」

フィナが指さす先には不自然に大きな石がある。フィナを乗せたくまゆるは大きな石に近寄る。

「ユナお姉ちゃん。この石に文字が書かれているよ」

フィナの言葉にわたしたちは駆け寄る。

「これは石碑？」

わたしの背よりも高い石碑に文字が刻まれている。

一瞬、誰かのお墓かと思ったが違うみたいだ。石碑は長い間放置されていたのか、薄汚れている。わたしは水魔法を使って、石碑の汚れを落とす。

えっと、なんて書かれているのかな？

『この島に来た者へ告ぐ。この島に来た者が悪意を持つ者でないことを祈る。もし、偶然に島に来た者がいたら、島が動き出す前に立ち去るがよい』

「立ち去ったほうがいいと言われても、普通の人は来ることはできませんよね」

シアの言う通りに、島の周りにある渦潮のせいで、島に来るのは容易ではない。同時に島から出ることも容易ではない。

あと、気になるのは悪意を持つ者というところと、この石碑を作った人は島が動くことを知っていることだ。

「……クリュナ＝ハルク」

わたしが続きを読もうとすると、シアが一番下に書かれている文字を見て、驚いている。

「どうしたの？」

「ここにクリュナ＝ハルクの名が」

シアは名前が書かれている箇所を指さす。

「誰？」

「ユナさん、知らないんですか⁉」

うん、異世界から来たわたしは知らないよ。もしかして、超有名人で知らないとまずい人？

わたしはフィナやシュリのほうを見る。

「知りません」

「わかんない」

よかった。知らない仲間が２人もいた。

どうやら、それほど有名な人物ではないみたいだ。シアの口ぶりからして、誰でも知っている名前かと思ったよ。もし、超有名人だったら、怪しまれていたかもしれない。

「え～、３人とも知らないんですか？　クリュナ＝ハルクですよ。クリュナ＝ハルク」

何度も名前を連呼されても、知らないものは知らない。歴史上の人物だろうと、現在生きている有名人だろうが、異世界歴が数か月のわたしの知識の中に、そんな人物の名前は登録されていない。

「それで、誰なの？　そのなんとかハルクって」

「クリュナ＝ハルクですよ。Aランク冒険者で、冒険家で有名な」

シアは力を込めて言うが知らないものは知らない。

「ごめん、知らない」

「はい、知らないです」

「知らないよ」

３人に言われて、シアは落ち込む。

「冒険者なら、みんな知っていると思っていました」

「それで、そのクリュナ＝ハルクって誰なの？」

「冒険者なら目指す者もいますし、学園の教科書にも書かれています」

「冒険者なのに？」

「どちらかというと、冒険家として有名です。危険な地域や、人が誰も行かないところに行ったりするんです。誰も知らない植物を発見したり、誰も見たことがない魔物を討伐したり、凄い人なんですよ。クリュナ＝ハルクのおかげで、多くの新事実が判明してきました」

シアは興奮気味に説明する。

クリュナ＝ハルクって、そんなに凄い人だったんだ。

あらためて石碑を見る。

「つまり、この石碑はクリュナ＝ハルクって冒険家が作ったってこと？」

「誰かがクリュナ＝ハルクの名を騙ったりしていなければ、そうだと思います」

「まあ、こんな誰も来られそうにない島で名を騙る必要はないから、本物の可能性が高そうだね」

わたしは石碑に書かれている文字の続きを読むことにする。

『だが、タールグイの周辺は渦潮が強く、出ていくのは困難だろう。渦潮が強くて出れない場合は、この石碑から左手周りに行ったところに同様な石碑がある。その石碑の近くは渦潮が静まる時間がある。短いが島から出ることはできるだろう。石碑の中にアイテム袋が入っている。その中に小さいが舟を用意してある。タイミングを見て、脱出することができるはずだ』

などと島から出る方法が書かれていた。

そして、最後にクリュナ＝ハルクの名前が刻まれている。

「ちゃんと脱出方法を教えてくれるのは優しい人だね」

「ユナお姉ちゃん、裏にも、何か書かれています」

フィナが石碑の裏を見ている。

わたしも裏に回る。

『もし、この地について知る人間が現れたなら善意ある者だと信じる。石碑に触れ魔力を込めよ。選ばれし者なら、その先を示すだろう』

「その先を示すとはなんでしょうね？」

シアが覗き込むように見て、石碑に触れている。

「なにをやっているの？」

「えっ、だって、触れて魔力を込めよって書いてあるから」

だから、石碑に触って魔力を込めようとしたんだね。

「でも、なにも反応ないです。どうやら、わたしは選ばれし者じゃなかったみたいです」

「シアに悪意があるってことじゃない？　ほら、善意ある者って書いてあるし」

「ユナさん、酷いです」

シアが頬を膨らませる。こういうところはノアにそっくりだね。

「冗談だよ。選ばれし者って、魔力のことじゃないかな？　魔力の込め方が足りなかったんだと思うよ」

まあ、このあたりはゲームなどでよくある設定だ。魔力値がいくつ以上で扉が開くとか。腕力値がいくつ以上で剣を扱えるようになるとか。

「わたしがやってみるよ」

シアに代わって石碑に触れ、魔力を込める。すると石碑が輝きだす。

「眩しいです」

「うぅ、眩しいよ～」

「眩しい」

全員、目を閉じ、わたしもクマさんパペットで目を塞ぐ。そして、徐々に光が消えていく。目を開けて石碑を見ると、石碑の中から本が出てくるところだった。そして、本はゆっくりとわたしのところにやってくると、クマさんパペットの上に落ちる。

石碑の中から本？

「ユナさん、大丈夫ですか？　それとその本は？」

「その石碑から出てきたよ」

流石に異世界って言うべきか、たまに予想外の出来事が起きて驚かされる。

「ユナさん。それはもしかして、クリュナ＝ハルクの本ですか！」

「なにそれ？」

「クリュナ＝ハルクが冒険した話が書かれている本です。文献としても信用されているんですよ」

なにか、ゲームに出てきそうなレア本みたいだ。

「そんな本がここにあるなんて、感動です。ユナさん、見せてください」

今にも飛び掛かりそうな勢いで本を見つめる。

「わたしも見る～」

「わたしも見たいです」

わたしはみんなが見えるように本を開き、確認する。

えっと、『この本を手にしたということは善意あり、魔力を一定以上持つ者だと思う』

やっぱり、魔力が関係していたみたいだ。

でも、善意って、分かるものなの？

魔力で、汚い魔力とか、綺麗な魔力とか分かるとか？

漫画や小説だと、暗黒魔法とか、負の感情で魔力を増幅とかあるけど。

どうやって判断しているか分からないけど、わたしが善意がある者って言われると、恥ずか

しくなってくるんだけど。それ以前にわたしが善意？　自己中の塊のような人間だよ。この善意の判断基準、間違っているんじゃない？

まあ、考えても分からないので、わたしの心が汚れていないと言われただけ、よかったとしよう。

わたしが続きを読もうとすると、横から覗き込んでいた、みんなの口から予想外の言葉が出てくる。

「真っ白です」

「なにも書いていないよ」

「えっ、クリュナ＝ハルクの本じゃないんですか！」

「なにって、ちゃんと書いてあるでしょう？」

わたしにはちゃんと文字が書かれているのが見える。

「えっ、真っ白で何も書いていないですよ。そうだよね。フィナちゃん、シュリちゃん」

シアは２人に同意を求める。

「はい、何も書いていないです」

「うん、何も書いていないよ」

どうやら、本当にみんなには本に書かれている文字は見えていないようだ。

「クリュナ＝ハルクの本で合っているよ。どうやら、わたしにしか見えないみたいだね」

ってことは読むのも魔力が関係あるのかな？

それとも、石碑から取り出した人物しか読めないとか？

「そうなんですか？　ううぅ、クリュナ＝ハルクの本が読めないなんて悔しいです。ユナさん、本には何が書かれているんですか？」

わたしは軽くページを捲（めく）って軽く目を通す。

「どうやら、そのクリュナ＝ハルクって冒険家がこの島で調べたことが書かれているね」

もしかして、この島の謎も書かれているんじゃない？

「見ることができないのは残念です」

シアは残念そうにするがしかたない。

「それじゃ、ちょっと読みたいから、休憩しようか」

魔物はいないみたいだし、危険な動物が近寄ってくれば、くまゆるとくまきゅうが教えてくれる。島が動き出せしたら飛び降りれば良い。

それに強い日射しの中、歩いてきた。くまゆるとくまきゅうに乗っているフィナとシュリは暑そうにしている。

わたしたちは近くの木の下に移動して、小休止することにした。

わたしはフィナとシュリをくまゆるとくまきゅうから降ろし、水を渡す。

「美味しい」

シュリは美味しそうに水を飲む。

「くまきゅうちゃん、ふかふかだったから暑かったよ」

冬はぬくぬくとして、気持ちいいけど。夏はきついかもしれない。クマの着ぐるみのせいで、そのあたりは感じないから、分からなかった。

「3人とも、水分の補給だけはしっかりしてね」

わたしはくまゆるに寄りかかり、クリュナ＝ハルクの本を読む。

『この島のことを何も知らずに、この本を手に入れた者のために伝える。この島はタールグイの上である』

タールグイ？　聞いたことがない。この島の名前？

『できれば早々に島から出たほうがいい。島はいずれ動きだすだろう』

それが島が消える理由だね。

『それから、この本は島にいるときにしか読めないので気を付けてほしい』

どういう原理になっているか分からないけど、なんでも島から離れると、本は石碑の中に戻っていくという。

クマボックスに入れたら、どうなるのかな？

シアの話を聞く限りじゃ、クリュナ＝ハルクの本は価値がありそうだから、手元に置いておきたかったけど。

二度と手に入らなかったら困るので、確かめるのはやめておく。でも、お持ち帰りできないのは残念だ。

まあ、本を持っていかれでもしたら、次にこの島に来た人が困るから、そのようになっているんだと思う。

でも、島に来ればいつでも読めるなら、それはそれで問題はない。わたしにはクマの転移門がある。そうなると、どこかに設置したいね。

「ユナさん、なにか分かりましたか？」

わたしが本を読んで考えごとをしていると、オレンの果汁を飲んでいるシアが尋ねてくる。

「そうだね。シアはタールグイって知っている？」

「タールグイですか？　あのタールグイですよね？」

どのタールグイかは知らないんだけど。そもそも初めて聞く名前だ。もしかして、タールグイも一般常識？

クリュナ＝ハルクのこの本にも『ここはタールグイだ』っていきなり書いてあったし。

「ユナさんはタールグイのことを知らないのですか？」

わたしの反応を見たミサが尋ねてくる。

「うん、知らないけど。もしかして、クリュナ＝ハルクみたいに有名？」

素直に答える。ここで知ったかぶりをしても意味がない。一応、フィナとシュリにもタールグイについて聞いてみたが「知りません」「知らないよ」って返事が返ってきた。

うん、よかった。フィナたちまで知っていたら、困っていた。

「う～ん。有名と言えば有名です。でも知らない人は知らないかもしれません。タールグイは伝説の海の生き物の名前ですよ」

「伝説……」

伝説の海の生き物って、亀？　鯨？　タコ？　イカ？　それともわたしが知らない生物？

でもタールグイって生き物が魔物なら探知スキルに反応してもいいはずなんだけどな。魔物じゃないってこと？　魔物じゃなくても、危険な生物なら、くまゆるとくまきゅうが教えてくれるはずだ。でもくまゆるとくまきゅうを見ても、騒いでいない。危険があれば、「くぅ〜ん」と鳴いて教えてくれる。

でも、伝説って聞くと鳳凰とか聖獣が頭に浮かぶ。海だから聖亀とか聖鯨とか？　それっぽく脳内で漢字を並べてみたが、読めない漢字になってしまった。

「それで、そのタールグイがどうかしたんですか？」

「どうやら、この島がタールグイらしいんだけど」

「それは本当なんですか!?」

シアが驚きの声をあげる。

「このクリュナ＝ハルクの本に書かれていることが本当ならね。それで、タールグイってなんなの？」

「タールグイは存在は確認されていますが、どこにいるか、どんな形態をしているかは分かっていません。でも、とても大きいらしいです」

この島全体がタールグイなら、生き物として確かに大きい。

でも、この島が生物なら動くのも納得だ。

「それで、そのタールグイって危険なの？」

そこが一番重要なところだ。危険なら、すぐにでも逃げたほうがいい。

「タールグイが出てくる話はいろいろあります。タールグイを襲った船が全滅させられた話もあれば、魔物に襲われていた船を助けた話もあります。さらに災害にあった村の住民を背中に乗せて、人々を救った話もあります。だから、タールグイを救いの神と崇（あが）めている土地もあるみたいです。そのため、一般的な考えでは、何もしなければ危険はないといわれています」

神としてね。まさしく聖獣だね。

まあ、くまゆるとくまきゅうも神様からの贈り物だから、聖獣と言ってもいいかもしれない。わたしが聖獣のくまゆるとくまきゅうを見ると、可愛らしく「なに？」って首を傾（かし）げる。うちのクマたちには聖獣の貫禄はないね。

「それじゃ、一応、危険はないってことでいいの？」

「タールグイは何千年と生きていると言われていますけど、今までに災害になるほど大事件は起こしていないはずです」

シアの話ではこの１００年、タールグイの存在は確認されていないらしい。もし、人を襲っているなら、危険な存在として、広まっているはずだという。

確かにそうだ。人を襲う存在なら、タールグイが危険ってことで広まっていく。そもそも、タールグイは人を襲う以前に人の前に現れもしていないようだ。

「でも、わたしの話は、言い伝えや本に書いてあったことなので、当てにしないでくださいね」

まあ、これればかりは見たことがないんだからしかたない。

「ユナお姉ちゃん。それで、ここがそのタールグイ？　っていう生き物の上なんですか？」

「どうだろうね。さっきも言ったけど、あくまでこのクリュナ＝ハルクの本に書いてあることが本当ならだよ」

これればかりは、確認のしようがない。この島がタールグイだという証拠はなにもない。タールグイが魔物で、探知スキルにでも反応があれば確信が持てるが、反応はない。

だから、今のわたしでは答えを導き出すことはできない。

「そのクリュナ＝ハルクの本には、タールグイについて何か書いていないんですか？」

シアがわたしが持つクリュナ＝ハルクの本を見る。

わたしは軽く本に目を通す。タールグイのことが書かれているページを見付ける。

『タールグイは言い伝えられているように危険はない。ただし、タールグイに危害を加えれば、身の安全は保証できない。この地に降り、この本を読んでいるということは善意ある者だと思う。できれば、なにもせずに立ち去ってほしい。立ち去ったあとも誰にも言わずにいてほしい。これだけがわたしの願いである』

黙っておくのはいいけど。立ち去るのは無理。

だって、動く島だよ。見知らぬ食べ物もあるんだよ。この島にクマの転移門を設置すれば、船に乗らずに見知らぬ土地に行けるようになる。欠点は好きなところに行けないぐらいだ。

だから、前半は了承するけど、後半は却下だ。それと本を読む限り、タールグイを世間に知られたくないみたいだ。3人にも口止めが必要だね。

「ユナさん。タールグイについて、なにか書かれていましたか？」

「シアの話通りに敵意を向けなければ大丈夫みたい」

だから石碑に悪意がある者でないことを祈るって書いてあったのかな？

それに漁師の船が悪意を持って近づかなかったから、過去も含めて、なにも起きなかったってことになる。

もし、悪意を持って島に近付けば、この島が暴れるってこと？　想像もしたくないんだけど。

そもそも、このタールグイを倒して、メリットでもあるの？　島だよ、島。敵対しないなら、放置でいいと思う。この島が陸に上がって、街を襲うならともかく、海に浮いているだけなら被害はない。

そして、クリュナ＝ハルクの願いを3人に伝えておく。

「だから、このことはわたしたちの秘密だからね」

「はい。わかりました」

「うん、誰にも言わないよ」

「…………」

「シア？」

黙っているシアを見る。

「こんな大発見を黙っているんですか？　タールグイですよ。誰も見たこともない伝説なんですよ。自慢しないんですか？」

「しないよ。クリュナ＝ハルクの頼みだし。この話が広まって、人が押し寄せてきて、タールグイが人を襲うようになったらどうするの？」

タールグイを調べる研究者が来たり、自分の名を上げるためにタールグイを倒しに来る冒険者もいるかもしれない。

そのことによって、タールグイを怒らせでもしたら大変なことになる。自分の名誉欲のために、広めてもいいことにはならないと思う。

「だから、クリュナ＝ハルクって人も口止めをしているし。それに善意がある者として、この本を受け取ってしまったからには話したりはしないよ。シアは善意ある者？　悪意ある者？」

わたしはシアに問いかける。

だから、石碑には「善意がある者だと願う」と書かれていた。

「シア姉ちゃん、悪い人なの？」

「シア様？」

「「くぅ～ん」」

シュリとフィナ。それから、くまゆるとくまきゅうがシアを見つめる。

そんな目に耐え切れなくなったのか、シアは頷く。

「うぅ、わかりました。わたしも誰にも話したりはしません」

無垢なシュリに「悪い人なの？」と聞かれたら、そう答えるしかないよね。

「クリフにもエレローラさんにもだよ」

「はい、約束します」

でも、シアの気持ちは分からなくもない。世紀の大発見をしたようなものだ。人に話したくなるのはしかたがない。

「それで、ユナさんはこれから、どうするんですか？」

「まあ、ここがタールグイの上と決まったわけでもないし、そのあたりの確認をしようと思っているよ」

それから、隙があればクマの転移門を設置したい。タールグイでなくても、この果物の島は確保したいからね。

できれば、シュリとシアに気づかれずに、クマの転移門をどこかに設置したいものだ。

あとで、フィナに、2人の気を逸らしてもらうように、お願いしようかな。

それには、まずは安全確認だ。

391 クマさん、一面に咲く花を見つける（4日目）

「それにしても、クリュナ＝ハルクは凄（すご）い魔法を使うんだね。石碑から本が出てきたときは驚いたよ。あんなことってできるものなの？」

わたしが使える魔法は攻撃系が主だ。それをスキルでカバーしている。

「その手の魔法は聞いたことはありませんが、クリュナ＝ハルクは一流の魔法使いで、魔道具を作ったりもしたそうですよ。今でもクリュナ＝ハルクが作った魔道具は高値で取引されているって聞きます。だから、クリュナ＝ハルクだったら、できると思います」

物語に出てくる賢者って感じだね。一人で放浪の旅に出たり、森の奥に一人で住んでいたり、そんなイメージが浮かぶ。

「凄い人だったんだね」

わたしが感心すると、別の場所から否定の言葉が飛んでくる。

「ユナ姉ちゃんのほうが凄いよ」

「わたしもそう思います。ユナお姉ちゃんはとっても強くて、優しいし、どんなときでも守ってくれます」

「そうだね。みんなを守るために、黒虎（ブラックタイガー）と戦ってくれたり、わたしのために、騎士団長と戦ってくれました」

「それは、大したことじゃないよ」

話に聞くクリュナ＝ハルクと比べたら、大したことではない。

「それにユナさんには小さくなったり、海の上を走ったりできるくまゆるちゃんとくまきゅうちゃんもいるし、クリュナ＝ハルクよりも凄いと思いますよ」

「うん！」

「はい！」

褒めてくれるのは嬉しいが、わたしの強さもくまゆるとくまきゅうも神様からのもらいものだからね。あまり、威張れるものでもない。わたし個人の力なんて、ないに等しい。

「でも、あの石碑には納得がいかないです。本当に善人と悪人って分かるんですか？」

シアは自分が石碑に触っても本が出てこなかったことに、傷ついているみたいだ。

「別にシアが悪人ってわけじゃないよ。たぶん、魔力が足りなかったんだと思うよ」

魔力が多ければシアが触れたときに本が出てきたはずだ。

シアが悪人とも思えない。それに純粋な子供に触れさせて悪人が本を手にする場合もある。だから、一定の魔力の持ち主でないと反応しなかっただけだと思う。

本にもそれっぽいことが書かれていた。

しかも、本を取り出した本人しか読めないし、島から出ると本は石碑の中に戻ってしまうという。だから、本を読むにはこの島でないとダメらしい。どんな魔法と魔道具を使えばそんなことができるのか、謎である。

それだけタールグイのことは秘密にしたいってことなんだろう。まあ、この島が本当にタールグイって生き物なら暴れたら大変だからね。

「それじゃ、安全みたいだし、もう少し探索したら帰ろうか」

休憩も終わりにして、再び探索の準備を始める。

「それで、どこから行きますか？」

「う～ん、初めは島を一周しようと思ったけど、島の中央に向かおうと思っているよ。そのまま反対側に出たら、今日は帰るよ」

「でも、この島がタールグイって信じられないです」

「まだ、タールグイって決まったわけじゃないけど。攻撃とかしちゃダメだからね」

「しないですよ。それに攻撃ってどうやってするんですか。剣を地面に刺したって、地面には土があるだけですよ」

シアは手を地面に触れる。

確かにシアの言う通りだ。ちょっとした攻撃じゃ、蚊に刺された程度にも思わないだろう。

そもそも、こんなに木々が生えているってことは土もかなりの深さがあるはず。

剣を地面に刺したって皮膚に届かないだろう。

もし攻撃するなら海底からになるのかな？　それだって、不可能に近い。まあ、攻撃をするつもりはないから、いくら考えても無意味なことだ。

フィナとシアはくまゆるに乗り、シュリとわたしはくまきゅうに乗って移動する。

「ここに道がありますね」

石碑の近くにクリュナ＝ハルクが作ったのか、タールグイに救われた人が作ったのか分からないけど、古い道がある。

わたしたちを乗せたくまゆるとくまきゅうは道を進んでいく。道があるってことは、この先になにかしらあるってことだ。

移動と危険察知はくまゆるとくまきゅうに頼み、わたしは前に座るシュリを抱え込むように座り、シュリのお腹の前にクリュナ＝ハルクの本を開く。シュリの頭ごしに本を読む感じになる。

「ユナ姉ちゃん。本当に文字が書いてあるの？」

シュリが目の前にあるクリュナ＝ハルクの本をいろいろな角度から見ようとする。そのたびにシュリの頭が左右に揺れる。

「シュリ、頭を動かさないで、本が読めないから」

「ごめんなさい」

謝るシュリの頭の上にクマさんパペットを乗せて撫でる。

「ちゃんと書いてあるよ。でも、石碑から出したわたししか見えないみたい。あとで教えてもいいところは話してあげるから、シュリは周りを見てて。もし、珍しいものを見つけたら教えて」

「うん、分かった」

わたしがお願いすると、シュリはキョロキョロと左右を見る。まあ、多少首が動くのはしかたない。わたしは本を読む。このクリュナ＝ハルクって人は長い間、この島で暮らしていたみたいだ。

うわぁ、オレンやリンゴの木を植えたのはこの人だよ。どうやら実験をしていたみたいだ。成長が早い？　果実も美味しくなる？　確かにオレンもクリモニアで買うより甘く感じた。

クリュナ＝ハルクの本によれば、タールグイの魔力の影響の可能性が高いという。

えっと、それってタールグイの魔力を吸って成長しているってこと？

それ、大丈夫なの？　クリュナ＝ハルクによれば人体に影響はないし、普通の果物だとある。でも、あくまでクリュナ＝ハルクの考察だ。まあ、本人も食べてから書いているんだろう。

しばらく、本には食べ物のことが書かれているので、パラパラッとページを飛ばす。

それにしても、タールグイについて調べるにしても、よくこんな何もない島に住もうと思ったね。わたしの場合は、クマの転移門があるから来たいと思うけど。こんな何もないところに一人で住みたいとは思わない。

変人さんだったのかな？


それから、興味を引くことが書かれている場所を見つける。タールグイは定期的に世界中を動くらしい。同じ場所を通るので、クリュナ＝ハルクもそれを利用して、何度かタールグイから降りたことが書かれていた。

だから、ミリーラの町にも数年に一度、現れていたんだね。

他にも、タールグイについて面白いことが書かれている。探検のしがいがある島になりそうだ。

「なにか、面白いものはあった？」

わたしは本を閉じて、背筋を伸ばし、前に座るシュリに尋ねる。

「ううん、果物もないよ」

どうやら、シュリは果物を探していたみたいだ。

「あと動物もいません」

「鳥が飛んでるぐらいかな？」

フィナとシアが教えてくれる。

確かにシアの言うとおりに鳥のさえずりは聞こえるね。

近くの島から飛んできたのかな？

泳げる動物もいるけど、あの渦のことを考えると、何かしらの方法で連れてこないと、この島で動物が暮らすのは無理かな？


くまゆるとくまきゅうはどんどん進んでいく。くまゆるとくまきゅうがほんの少し坂道になっているところを歩いていくと、視界が一気に開けた。


「お花です」

目の前には綺麗（きれい）な色とりどりの花が一面に咲いている。綺麗な場所だ。

どこかのお嬢様が丘の上で座って、花冠を作っている姿が似合いそうな場所だ。シアやフィナにはそんな行動が似合うかもしれない。シュリは元気に走り回る姿が似合いそうだ。

でも、わたしはどれも似合いそうもない。クマの格好で女の子座りをして花冠作り？　クマの格好でお花の中を駆け回って遊ぶ？　そんな自分の姿を想像すると寒気が襲う。

「ユナ姉ちゃん、あの木、凄く綺麗だよ」

シュリが指さす先には、桜のような花が咲いている大きな木があった。花びらはピンク色で綺麗に咲いている。

おお、こんなに大きな桜の木は滅多にお目にかかることはできない。桜は満開に咲いている。今が一番と言ってもいいぐらいに綺麗に咲いている。

「ユナ姉ちゃん、降りていい？」

「ちょっと待って」

わたしはシュリの肩を摑み、一応探知スキルで魔物がいないことを確認する。

「うん、いいよ」

シュリはくまきゅうから降りて、駆けだす。それを見たフィナもシアもくまゆるから降りる。

「綺麗なところだね」

「この木に咲いている花も綺麗です」

わたしとしては夏に桜を見ているようで、違和感があるけど。不思議な島だ。季節に関係ない花が咲いていても、受け止めることにする。

フィナたちは花々の中を楽しそうに駆け回る。

女の子が花が咲く場所を元気に走り回るのは絵になるね。絶対に、クマの着ぐるみの格好をした女の子がお花畑を駆け回っても、絵にはならない。シュールを通り過ぎて、ギャグにしか見えない。

「綺麗です。お母さんとお父さんにも見せてあげたいです」

「そうだね。ノアにも見せてあげたいね」

「連れてきたいけど、簡単には来れないからね。島の周りの渦潮が凄いから、船じゃ無理だし、くまゆるとくまきゅうのことは秘密だから。それに教えたとしても、乗れる人数も決まってい

るから、ちょっと無理かな」

「そうですね」

「フィナとシアの気持ちは分かるけど、わたしたちだけの秘密だからね」

「はい」

わたしは桜の木の近くまでやってくる。かなり、大きい木だ。樹齢1000年と言われても違和感はない。近くで見ると桜とは違うようだ。でも、綺麗な花なのは変わりない。名前が分からないのでしばらくは桜の木と呼ぶことにする。

くまゆるとくまきゅうが近寄ってきてわたしの側に座る。わたしもくまゆるとくまきゅうに寄りかかるように座る。

「ああ、ユナ姉ちゃん。くまゆるちゃんとくまきゅうちゃんを独り占めしている」

シュリが走ってくると、くまゆるとくまきゅうの上にダイブする。

気持ちいい。このまま寝てしまいそうだ。しばらく、ここで休むことにする。これはクマの転移門を置くのは決定だね。

「ユナお姉ちゃん。お母さんにお花を持っていっちゃダメですか？」

わたしは少し考える。

まあ、花ぐらいなら問題はないかな。

「いいよ」

「わたしも！」

シュリはフィナのところに行くと一緒に花を摘み始める。

「お姉ちゃん、こっちの花、綺麗だよ」

「本当だね」

女の子らしい。

絶対にクマの着ぐるみでは似合わない。

花を摘む2人とも楽しそうだ。やっぱり2人とも女の子だね。花より団子のわたしとは違う。

花冠でも作ってあげたいと思うけど、残念ながら、作り方を知らない。ずっと都会に住んでいたこともあって、そんな女の子っぽいことはしたことがなかった。2人なら似合うと思うけど、残念だ。

シアを探すと、近くで花を見ている姿がある。その姿は絵になる金髪美少女だ。クマの格好したわたしが同じことをしたら、お笑いにしかならない。

わたしはくまゆるとくまきゅうに寄り掛かって、フィナとシュリの楽しそうな声を聞きながらのんびりする。

心地よい風が吹いてくる。また、ここに来たいから、クマの転移門は必ず設置したいね。

久しぶりにのんびりとした時間を過ごしていると、フィナが声をあげる。

「ユナお姉ちゃん。花が光っています」

　フィナが指さす先を見ると、桜の花びらの一つ一つが光りだしていた。

「花びらが、光っている。きれい」

　わたしは、桜の木から離れる。離れた位置から桜の木を見ると、クリスマスのイルミネーションのように光りだしていた。昼間なのに、光り輝き、感動さえ覚える。これが夜だったら、どれだけ綺麗なのかわからない。

「綺麗です」

「シア。花って、光ったりするの？」

「詳しくは知りませんが、魔力がこもった花は光ると聞いたことがあります。でも、実際に見たのは初めてです」

「それじゃ、この木の花も魔力で光っているの？」

「たぶん、そうだと思います」

「ユナお姉ちゃん。お花、持って帰りたい」

「持って帰っても、光ったりしないと思うよ」

「そうなの？」

　わたしは手を伸ばして、垂れ下がっている枝に手を伸ばし、光っている花びらを一枚取る。

　クマさんパペットに咥（くわ）えられた光っている花びらは消えていく。

「ああ、消えちゃった」

シュリが残念そうに花びらを見る。

わたしも光り続けることができる花なら、持って帰りたかったけど、花びらだけでは光り続けることは無理みたいだ。

「でも、この木はなんなんだろうね」

「クリュナ＝ハルクの本には何か書いていないんですか？」

確かにそうだ。これだけの花だ。なにかしら書いてある可能性がある。

わたしは持っているクリュナ＝ハルクの本をパラパラと捲っていく。そして、お目当てのページを見つける。

そのページには、桜の木の絵が描かれていた。クリュナ＝ハルク、絵も上手い。才能がある人はなにやっても才能があるね。

えっと、何か書いてあるかな。

『この木はタールグイが魔力を放出する際に、光るときがある。この木が光りだしたら、その場から離れることを推奨する』

桜の木の絵の横に『危険』の文字が赤いペンで書かれていた。

なに？　その不穏な言葉は。

わたしは本を読み続ける。

『光は魔力が放出されることが原因だ。その光は綺麗だが、それと同時に魔物を呼び寄せてしまう。近くに魔物がいなければ、安全だが、近くに魔物がいる場合、一気に押し寄せてくる』

ちょ、冗談じゃないよ。

魔物は海、空からもやってくる。魔物が周囲にいなければ、被害はない可能性もある。こればかりは運だと書かれていた。

わたしは目の前の桜の花を見る。

ここは大丈夫？

でも、逃げたほうがいいよね。

それにしても、わたしたちが来たタイミングで光るって、ゲームや漫画の主人公じゃないんだから、おかしくない？

わたしはフィナたちを見る。フィナたちは瞬(まばた)きをするのを忘れるように輝く桜の木を見ている。

「みんな、ここから急いで離れるよ！」

「え～」

「え、なんですか？」

「もう少し見ていたい」

花は魔力を放出し、輝いている。

わたしだって、見ていたい。こんな綺麗な光景、そうそう見られるものではない。でも、ここに魔物が押し寄せてくるかもしれない。

「説明している時間がないから、すぐにくまゆるとくまきゅうに乗って！」

わたしは周囲を確認するために探知スキルを発動する。それと同時にくまゆるとくまきゅうが大きな声で鳴いた。

392 クマさん、3人を安全なところに移動させる（4日目）

「ユナお姉ちゃん！」

「くまきゅうちゃん？」

フィナはわたしを見て、シュリは側にいるくまきゅうを見る。

「ユナさん、もしかして魔物ですか！」

護衛の際に魔物が現れたときにくまゆるとくまきゅうが鳴いたことを覚えているシアが尋ねてくる。

わたしは探知スキルを確認すると、ヴォルガラスの反応がある。ヴォルガラスは真っ直ぐにこっちに向かってきている。

もう、側まで来ている。

空を見上げる。

みんなもわたしと同じように上空を見上げる。

「あれは……」

「鳥さん？」

黒い鳥が現れて、上空を旋回している。

「もしかして、ヴォルガラス？」

シアの言う通り、あれはヴォルガラスだ。鷲よりひと回り大きく、嘴が赤くなっているのが特徴の魔物。探知スキルには10羽のヴォルガラスの反応があり、探知スキルを見ている間も、次から次へと探知範囲内に入ってくる。ヴォルガラスの数がどんどん増えていく。

過去の経験からヴォルガラスは一羽一羽はそれほど強くはないので、問題なく対処はできる。ただ、数が多い。さらにここにはフィナたちがいて、エルフの里で戦ったときとは状況が違う。

だからといってフィナたちを連れて、ミリーラの町に逃げることはできない。下手にミリーラの町に逃げれば町にヴォルガラスを呼び寄せてしまう可能性もある。クリュナ＝ハルクの本によれば、魔物はあの桜の木に惹き寄せられているらしいが、追いかけてこないという保証はどこにもない。万が一にもミリーラの町にヴォルガラスを呼び寄せてしまい、海で遊ぶ子供たちに襲いかかられでもしたら、自分を許せなくなる。それだけは絶対に防がないといけない。

数羽のヴォルガラスが桜の木に降りてくる。花を突っつき始める。食べている？

「……ユナお姉ちゃん」

フィナが指さす先を見ると、桜の花から七色の輝くシャボン玉が出現する。それはどんどん広がって、いろいろな箇所から小さいシャボン玉から、大きなシャボン玉が出てくる。

「綺麗」

フィナたちは幻想的な光景に見とれているが、ヤバイ気がする。この現象についても本を見て確認したいが、今はこの場を早く離れたい。

わたしの予感はすぐに現実となる。木に止まっていたヴォルガラスがシャボン玉に包まれる。ヴォルガラスは一瞬暴れるが、力を吸い取られたように大人しくなる。魔力を吸収した？　それとも体力？　あのシャボン玉はなに？

シャボン玉は次から次へとヴォルガラスを捕らえていく。そして、小山から、ゴ〜〜〜〜ッと音がしたと思ったら、ヴォルガラスが入ったシャボン玉が中腹あたりにあった大きな穴に吸い込まれていった。

あんなところに穴？

探知スキルを見ると穴に入ったヴォルガラスの反応が消える。

もしかして、あの穴はタールグイの体の一部で、ヴォルガラスを食べている？

「ここから離れるよ」

わたしはフィナたちをくまゆるとくまきゅうに乗せる。

確認したいことはたくさんあるが、今は3人を安全なところに連れていかないといけない。

3人をくまゆるとくまきゅうに乗せたわたしは石碑があったところまで戻ってくる。

探知スキルを見ると、未だにヴォルガラスは集まってきている。

「ユナさん。クリュナ＝ハルクの本には」

「あの花が光ると、魔物を呼び寄せるみたい」

「……!?」

わたしの言葉に3人は驚く。

「ヴォルガラスぐらい、襲ってきてもわたしが倒すから大丈夫だよ」

わたしは心配させないように優しい声で言ってあげる。

「でも、何が起きるか、分からないから、3人は家の中にいて」

わたしはクマボックスから、クマハウスを出す。

クマハウスの中ならヴォルガラスに襲われることはない。この島で一番安全な場所だ。

「島から逃げないんですか？」

「魔物がわたしたちを追いかけて、ミリーラの町までついてこられでもしたら、町を危険にさらすことになるから、逃げることはできないよ。大丈夫。3人はわたしが守るから安心して」

「「くぅぅ～ん」」

わたしの言葉を否定するようにくまゆるとくまきゅうが鳴く。

「そうだったね。わたしとくまゆるとくまきゅうが3人を守るよ」

わたしが訂正するとくまゆるとくまきゅうは嬉しそうにする。

クマハウスのドアを開け、わたしたちはクマハウスの中に入る。

これで、ひとまずは安心だ。いきなり襲われることはなくなる。

3人の安全を確保できたわたしはクリュナ＝ハルクの本を開き、桜の木やシャボン玉について書かれているところを読む。

クリュナ＝ハルクの本に書かれていることは、あくまで彼の考察になる。

あのシャボン玉は魔力で作られたものであり、タールグイの餌と推測される。中腹あたりに吸い込む穴がある。この穴には近寄らないほうがいいと書かれている。

そういうことは始めのほうに書こうよ。知らないで穴に入ったらどうするのよ。

花から出たシャボン玉は浮遊すると、周囲にいる魔物を取り込むという。『仮説』と前置きがあり、魔物の体内にある魔石に反応していると推測されると書かれていた。

その理由として、クリュナ＝ハルクが近くにいてもシャボン玉は近寄ってこなかったそうだ。触れても、取り込まれることはなかったと言う。

魔物が集まってくる中、この人何をしているの⁉

でも、身を挺して試してくれたのは助かる。あんなのを見たら、怖くてシャボン玉に触れようとは思わない。

つまりクリュナ＝ハルクの本によれば、桜の木で魔物を呼び寄せて、シャボン玉で捕獲して食べるってことらしい。今回の現象はタールグイの食事の時間ってことだったみたいだ。なんとも、大掛かりな食事だ。ヴォルガラスぐらいならいいけど、大きな魔物が来たらどうなるの？

もし、わたしが倒したクラーケンがいるときに、今回の状況になったら、どうなっていたんだろう。

タールグイVSクラーケンのバトルが見られたのだろうか。想像しただけで怖いんだけど。それ以前にタールグイはクラーケンと戦えるの？

クリュナ＝ハルクの本によれば、食事は一定の時間、行われるそうだ。

周囲に魔物がいなくなるか、桜の木の魔力がなくなるまでという。最終的に桜の光が止まると、魔物は逃げるように去っていくらしい。

本を読んで大体のことは分かった。この本がなかったら、混乱していたかもしれない。クリュナ＝ハルクには感謝しないといけない。

あとの問題はタールグイの食事の時間だけだ。そのことは本には書かれていなかった。何日も続くようだったら困る。

いざとなれば、シュリとシアにバレるとしても、クマの転移門を使って逃げだすことも考えないといけない。これればかりは命に代えられない。

「ユナさん、なにか分かりましたか？」

わたしが本から目を逸らすと、シアが尋ねてくる。周りをみればフィナがシュリを抱き寄せている姿がある。

わたしは3人の不安が取れるように、説明する。

「だから、わたしたちが襲われることはないから大丈夫だよ。いざとなれば脱出するから」

クマの転移門で。

わたしの説明で3人は安堵の表情を浮かべる。

ただ、呼び寄せられてくるのが、ヴォルガラスなどの弱い魔物ぐらいならだ。本当にクラーケンがいなくてよかった。


他にも重要なことが書かれていないか、わたしがクリュナ＝ハルクの本の続きを読もうとしたとき、くまゆるとくまきゅうが警告するように「「くぅ～ん」」と鳴く。

わたしは探知スキルで確認する。

探知スキルに予想外の魔物の反応があった。クラーケンとワイバーン!?

冗談じゃないよ。いくらクマハウスが頑丈とはいえ、クラーケンやワイバーンの攻撃に耐えられるか分からない。そんな実験はしたことはない。

「ユナさん、くまゆるちゃんたちが」

「ちょっと、近くを魔物が通っただけだよ。でも、少し危ないかもしれないから、安全な場所に移動するよ」

わたしは不安にさせないように嘘を吐く。それから、全員を連れて、転移門が置いてある部屋に向かう。

「ユナお姉ちゃん。もしかして」

「口裏を合わせてね」

フィナに小さな声でお願いをする。

「ユナさん、ここは？」

部屋の壁際にクマの転移門が設置されている。まるで隣の部屋に繋がっている感じに置かれている。

「この奥にどんな魔物が来ても安全な部屋があるから。しばらく、その部屋に隠れていて」

わたしはクマの転移門の扉を開く。扉の中に入ると6畳ほどの部屋に出る。

ここはクリモニアのクマハウスの地下室になる。

緊急にクマの転移門を使うことがあったときやクマの転移門のことを話せないとき、緊急でクマの転移門のことを説明することができない場合に使用するために作った部屋だ。

今回もクマの転移門を説明することも、時間もないので、ここはクマハウスの中の部屋ということにする。

この部屋はクリモニアの地下なので、ドアも窓もない。だから外を確認することもできない。

ちなみにフィナは、この部屋のことを知っている。

この部屋を作ったとき、クマの転移門のことを知っているフィナだけには教えておいた。

「ここの部屋は安全だから安心していいよ」

部屋にはあまり、荷物は置いていない。中央にテーブルがあり、椅子が並んでいるぐらいだ。

「本当に安全なんですか？」

「それは保証するよ。フィナもここが安全って知っているよね」

「はい。この部屋は安全です。どんな魔物も近寄ることもできないです」

この部屋のことを知っているフィナも口添えしてくれる。

「フィナちゃんがそう言うなら、大丈夫なのかな？」

シュリも姉のフィナの言葉と態度から分かるのか、不安そうな表情が消えた。

「ユナお姉ちゃん。しばらくはここにいるんですか？」

「外の魔物次第だけど。しばらくはここにいるつもりだよ」

わたしは冷蔵庫を出して、自由にしていいと伝える。

「それじゃ、わたしは外の様子を見てくるから、みんなはここでのんびりしていてね」

「ユナさん、外に行くんですか？」

「誰かが外の様子を見ていないと、帰れないでしょう。くまきゅう、みんなの側にいてあげて。もし、危険だったら、みんなに教えてあげるんだよ」

「くぅ〜ん」

危険なことは絶対に起きないけど、そう言っておく。くまきゅうが鳴かなければ、みんなも安心してくれるはずだ。

そもそも、護衛は必要ない。でも、島にいると思っているシュリとシアは、くまきゅうが一緒にいれば安心してくれる。

「ユナさん、わたしも」

「ダメ、わたしが強いことは知っているでしょう」

「でも」

「それに、フィナとシュリを2人だけにすることはできないでしょう。2人をお願い」

シアはフィナとシュリを見ると小さく頷く。

「わかりました。フィナちゃんとシュリちゃんのことは任せてください」

シアは自分の役目を理解してくれる。

393 クマさん、クラーケン三兄弟と戦う（4日目）

シュリとシアのことは事情を知っているフィナとくまきゅうに任せ、わたしはくまゆるを連れて部屋から出る。そして、クマの転移門の扉をしっかり閉める。わたしがドアを開けなければ、3人はこっちにくることはできない。同時に3人の安全は保証される。

フィナにはわたしが戻らないようだったら、隠しドアから部屋を出るように伝えてある。場所がクリモニアってことが知られるが、わたしが戻らないときは、本当に緊急の場合だ。

でも、本当に対処ができないようだったら、逃げられなくなる前にクマの転移門で逃げるけどね。

わたしはくまゆると一緒にクマハウスを出ると、万が一破壊されても困るので、クマハウスをしまう。

さて、どうしようか。

まず状況を把握するため、探知スキルを使う。ヴォルガラスの数が減っている。その代わりにワイバーンの数が増えている。やっぱり、ヴォルガラスと同様に桜の木に呼び寄せられたってことなのかな。

空を見上げて桜の木があるほうを見ると、ここからでもワイバーンが上空を旋回しているのが見える。

ワイバーンはドラゴンの一種。ドラゴンの中では小さい部類で、強さもどちらかといえば弱い。だからといって、普通の人が戦って、簡単に勝てる相手ではないと思う。ヴォルガラス以上にミリーラの町に近付けさせてはいけない魔物だ。

ワイバーンは魔物1万匹を討伐したときに倒したことがあるけど、あのときは寝ていたところを倒しただけだ。実際に戦ったことはないから、本来の強さは未知数だ。戦うことになれば、初めての経験になる。

できればタールグイがヴォルガラス同様にワイバーンを食べてくれるのが一番なんだけど。今のところワイバーンの数は減っていない。

もし、タールグイがワイバーンの対処ができないようなら、わたしが討伐するしかない。ミリーラの町は離れているとはいえ、ワイバーンなら飛んでいけばすぐに町についてしまう。

それに問題はワイバーンだけじゃない。海岸沿いにいるクラーケンの存在だ。

それにしても、クラーケンが3体もいるなんて、このあたりの海ってどうなっているのよ。こないだ倒したクラーケンを入れれば4体だ。このあたりにクラーケンの巣でもあるの？　って言いたくなる。

わたしは自分がどうするか考えてみる。

その１　全ての魔物を討伐する。
その２　タールグイの反応を見てから行動する。
その３　島から逃げだす。
その４　原因の桜の木を切り倒す。

１はミリーラの町のためにも一番いい。逃がして、今後、ミリーラの町に来たら大変だ。問題はわたしが大変なことぐらいだ。

２はクリュナ＝ハルクによれば、タールグイが魔物を餌として食べると書かれている。問題はどこまでの魔物を倒してくれるかだ。クリュナ＝ハルクがこの島にいたときはヴォルガラスのような小さな魔物しか現れなかった可能性もある。大型魔物相手に、どこまで対処できるか分からない。

３はわたし一人で、近くに人里がなければ有りだった。でも、近くにはミリーラの町があり、孤児院の子供たちがいる。だから、３は一番ありえない。

最後に４だけど、島から魔物を追い払うなら一番良い方法だ。でも、いろいろな観点から却下するしかない。

まず、あの魔力の塊の巨木を切り倒せるかの問題がある。また、攻撃を仕掛けて、タールグイに敵認識をされる可能性。そんなことになればワイバーンやクラーケンだけでなく、タールグイまで敵になってしまう可能性も出てくる。怒ったタールグイがミリーラの町に上陸でもしたら、ワイバーンどころの騒ぎではない。

それにタールグイと敵対でもしたら、クマの転移門を置く、わたしの計画が壊れてしまう。なによりも、あの桜の木を伐採するのは日本人としてやりたくない。だから、桜の木を切り倒すのは最後の手段としておく。

と、考えているとくまゆるが「くぅ〜ん」と鳴く。この鳴き方は危険を知らせるものだ。わたしが探知スキルを見ると、新たに海からワイバーンがやってくる。

いったい、どれだけ集まってくるのよ。

ワイバーンが島に近づき始めたとき、地面が大きく揺れる。それと同時に海から、何かが浮き上がってくる。

なに⁉

海から浮き上がったものはビルのように高くそびえ立つ。

「……くび？」

海から現れたのは首長竜のような長い首だった。

「もしかして、タールグイ？」

タールグイはゆっくりとワイバーンのほうを向くと、口からレーザーのように水を吐き出した。水は空を飛ぶワイバーンに命中して、ワイバーンはそのまま海に落ちる。

ちょ、そんなに簡単に倒すの？

そして、タールグイは落ちたワイバーンに向けて首を伸ばすと、食べる。さらに飛んでくるワイバーンに強力な水圧の水を飛ばす。ワイバーンは避けるがタールグイは連続で水を吐き、水面に叩き落とす。

そして、今度はタールグイは首を回すと、桜の木の上あたりを飛んでいるワイバーンに向かって水を飛ばす。でも、今回は距離があったのかワイバーンは躱す。でも、タールグイは攻撃の手を止めない。タールグイが水を吐くたびに空から海水が降り注ぐ。一体はタールグイの首の周りを飛び始め、残りは島のどこかに隠れてしまう。

逃げればいいのに逃げださない。やっぱり、桜の木が魔物を惹きつけるみたいだ。

だけど、本当にタールグイとワイバーンの戦いが始まってしまった。始まったといってもタールグイが一方的に攻撃をしているだけだけど。わたしが戦いに加わることはできそうもない。でも、タールグイがワイバーンを倒してくれるなら助かる。空を飛んでいる魔物は厄介だ。わたしかくまゆるが飛べればいいんだけど、流石に空は飛べない。

そうなると、タールグイの背中に上陸しようとしているクラーケンの相手はわたしがしないといけなくなる。タールグイが対処してくれるかもしれないけど、その間にわたしの大事な果物が破壊される可能性がある。

戦うのはいいが、問題はクラーケンの数だ。一体だけでも倒すのに苦労したのに3体もいる。本当なら戦いたくはないけど、ワイバーンと一緒で逃がすわけにはいかない。

探知スキルを見ると、クラーケンはゆっくりと移動している。島に上陸している？

初めは海岸沿いにいたけど、島に上陸したみたいだ。それならなんとかなるかもしれない。

いくらクラーケンが強いといっても、陸の上に上がれば、前回の戦いよりも楽に戦えるはずだ。

問題はクラーケンの数だけど、それぞれ微妙に離れた位置にいる。ゲームなら各個撃破だ。

わたしは一番近いクラーケンのところに向かって走る。わたしが走り出すとくまゆるも後を追いかけてくる。

わたしは走りながら違和感を覚える。

おかしい。

クラーケンがいるところに向かって走っているのに、クラーケンの姿が見えない。クラーケンほどの大きさなら、見えているはず。でも、その姿が見えない。

わたしはクラーケンがいると思われる場所に到着する。

ニョロ、ニョロ。

「…………」

「くぅ～ん」

ニョロ、ニョロ。

「…………」

「くぅ～ん」

わたしは我に返る。

一瞬、思考回路が止まってしまった。くまゆるが擦り寄って現実に戻してくれた。

「えっと、クラーケンなのかな？」

わたしは探知スキルの反応位置を比べる。間違いない。クラーケンだ。目の前には２ｍほどのイカが島の上を這っている。

どう見ても、小さめのダイオウイカにしか見えない。長い足をクネクネとさせて、ゆっくりと進んでいる。これも桜の木に引き寄せられているってことなのかな？

わたしはクマさんパペットに魔力を集めると、大きなクマの炎を作りだす。そして、クラーケンと思われるダイオウイカに放り投げる。クラーケンはクマの炎に包まれると、クネクネと逃げ出そうとするが、消滅してしまう。

探知スキルからもクラーケンの反応が消える。本当にあのダイオウイカがクラーケンだったみたいだ。もしかして、クラーケンの子供だったのかもしれない。

次の場所に移動すると、一回り大きなクラーケンがいた。でも、わたしの敵ではない。

「ベアーファイヤー」

なんだろう。さっきまで悩んでいたわたしの時間を返してほしい。

わたしは3体目のクラーケンのところに移動する。

おお、大きい。3体目のクラーケンは大きかった。でも、大きいといっても、あくまで先ほどの2体に比べてだ。でも、成長するとどんどん大きくなっていくみたいだ。

とはいえ、3体めのクラーケンもベアーファイアーの一撃でなんなく倒すことができた。

クラーケンが3体と知ったときは、ちょっとヤバイと思ったけど。小さいクラーケンとは思いもしなかった。

ゲームでも小さなクラーケンなんて出てこなかった。

この世界の魔物がどうやって登場するか知らないけど。いきなり大きなクラーケンがポッと現れるわけじゃないみたいだ。

あくまで推測だけど、クラーケンも海の生存競争の中で生き残って、勝ち抜いた個体が物語に出てくるような巨大クラーケンになるのかもしれない。

タールグイのおかげで、大きくなる前に討伐できたことに感謝しないといけないかもしれない。

無事にクラーケン3兄弟を討伐し、これで終わりかなと思った瞬間、くまゆるが鳴く。くまゆるを見ると上を見ている。わたしも上を見ると、ワイバーンがわたし目掛けて滑空してくる。

ちょ、どうして、ワイバーンが。

ワイバーンが足から鋭い爪を出して、わたしに襲いかかってくる。

わたしは間一髪でワイバーンの攻撃を避ける。ワイバーンの相手はタールグイの役目でしょう。

わたしは地面に降り立ったワイバーンと対峙（たいじ）する。

394　クマさん、ワイバーンと戦う（4日目）

ワイバーンが地面に降り立つ。「グヴァ」と大きく口を開き、唸り声をあげる。ワイバーンの相手はタールグイの役目でしょう。それに、ここは桜の木が近くにあるわけじゃない。ワイバーンは桜の木に惹き寄せられてきたんでしょう。どうして、わたしのところにやってくるのよ。

タールグイを見ると数体のワイバーンと戦っている姿がある。そのうちの数体がわたしのところに来たみたいだ。いったい何体いるのよ。

正面のワイバーンから視線を離さないように周囲を見ていると、さらに上からワイバーンが2体目、3体目と地上に降りてくる。

そして、ワイバーンはギョロッとした目をくまゆるに向け、嘴を閉じたり開いたりして威嚇してくる。嘴から涎みたいな液が流れ落ちる。

ちょ、もしかして、くまゆるを食べにきた？

冗談じゃない。わたしはくまゆるとワイバーンの間に移動する。

くまゆるを食べようとするなんて、絶対に許さないよ。わたしは先手必勝で乱れ撃つように炎の魔法をワイバーンに向けて撃ち込む。だが、ワイバーンは翼を正面に閉じるようにして炎の玉を防ぐ。流石ドラゴン種、弱い部類とはいえドラゴンだ。この程度の攻撃魔法じゃ倒せない。

それなら、これならどう。わたしはクマの炎をワイバーンに投げる。ワイバーンは大きく翼を広げて「グワァワァワァ」と声をあげると、飛び上がってしまう。

飛ぶなんてズルい。ちゃんと正面から受け止めようよ。

それにしても、ワイバーンがくまゆるを食べに来るとは思わなかった。食べるなら魔力が籠っている桜の花でしょう。どうして、くまゆるを食べようとするかな。

まあ、なにがあろうと、くまゆるは絶対にわたしが守る。

わたしはくまゆるを送還しようとすると、くまゆるは「くぅ～ん」と鳴いて首を横に振って、後ろに下がる。

「くまゆる？」

「くぅ～ん」

イヤイヤと首を横に振る。

「戻らないと、食べられちゃうよ」

「くぅ～ん」

くまゆるは再度、首を横に振る。

いつもなら、わたしの指示に従ってくれるのに、今回は嫌がる。

「もしかして、一緒に戦いたいの？」

「くぅ〜ん！」

くまゆるは嬉しそうに鳴く。

くまゆるとくまきゅうは、わたしの大切な家族だ。本当なら、危険なことはさせたくない。

でも、くまゆるはわたしと一緒に戦うと言ってくれる。その気持ちは嬉しい。

ワイバーンは3体。こっちはわたしとくまゆる。本当なら、くまゆるを餌と思っている相手と戦わせたくない。無理やりにでも送還したい。でも、くまゆるはわたしと一緒に戦おうとしている。その気持ちを素直に受け止めることにする。

「分かったよ」

わたしはため息を吐きながら、くまゆるに近付くと頭の上にクマさんパペットを置く。わたしの言葉が通じたのか、くまゆるは避けない。

「それじゃ、一緒に戦ってくれる？」

「くぅ〜ん！」

くまゆるは嬉しそうに鳴く。

でも、本当に危険な場合は嫌がっても送還するつもりだ。

「でも、無理しないでいいからね」

「くぅ～ん」

わたしとくまゆるは戦闘準備に入る。わたしは空に向けて氷の矢を無数に飛ばす。ワイバーンは避けて、翼を大きく広げ、空中で留まる。そして、口を大きく開くと、地面にいるわたしに向かって炎の玉を吐き出す。わたしはワイバーンの炎の攻撃を風の魔法で相殺する。やっぱり、空を飛ばれると、こっちが不利だよね。

それに3体同時は厄介だ。

「くまゆる、一体ずつ確実に倒していくよ！」

「くぅ～ん！」

わたしは跳び上がる。自由に空を飛ぶことはできないけど、高く跳び上がることはできる。ワイバーンより高く飛び上がり、くるっと回って、ワイバーンの背中に向かってクマさんキックを撃ち込む。でも、ワイバーンは翼を翻してクマさんキックを躱す。

ずるい。

こっちは空中で方向転換は出来ないのに、空中で方向を変えるなんて卑怯だ。

クマさんキックを空振りしたわたしは地面に着地する。そこへワイバーンの一体が鋭い爪でわたし目掛けて襲い掛かってくる。あの足に掴まれたら簡単に逃げ出すことはできない。

わたしは横に躱す。わたしがいた場所にワイバーンの爪が刺さり、地面に穴が空く。クマ服を掴まれたら、穴が開いたりするのかな？

痛そうだから、試そうとは思わない。

ワイバーンは翼を広げると、再度飛び上がろうとする。

逃がさない。

地面に降りてきてくれた相手を逃がすつもりはない。

わたしは風魔法を使って、竜巻を起こす。ワイバーンは翼を小さく閉じて防ぐ。わたしは構わずに炎を撃ち込み、ファイヤートルネードがワイバーンを包み込む。

流石にここまでやればダメージは与えられるよね？

そして、ファイヤートルネードが消え去ると、残ったのは焼かれたワイバーンの姿だった。

「倒した？」

ワイバーンの翼がゆっくりと開く、翼はボロボロだ。でもファイヤートルネードに耐えたみたいだ。

そこまで防御力が高いの？

魔物は魔力次第で防御力が上がるっていうけど、硬すぎない？

不意打ちの無抵抗なら、あんなに簡単に倒せたのに。正面から戦うとなると面倒な相手だ。

でも、あの翼じゃ、もう飛べないはずだ。

わたしはクマボックスから、ミスリルナイフを取り出す。

右手の黒クマさんパペットには柄が黒いくまゆるナイフ。

左手の白クマさんパペットには柄が白いくまきゅうナイフ。

と、それぞれのクマさんパペットにナイフを握る。

さて、斬れるかな？　もし斬れなかったら、製作者のガザルさんに文句を言わないといけないね。


わたしは駆け出す。ナイフに魔力を込める。ワイバーンは傷ついた翼で守るが、ミスリルナイフが簡単に翼を切り裂く。ワイバーンの翼の防御が緩む。わたしはそのまま、後ろに回り込み、厄介な翼を切り落とそうとする。だが、その瞬間、長い尻尾を横に薙ぎ払ってくる。わたしは腕を上げてとっさに防ぐが弾き飛ばされる。

ワイバーンが翼を広げて空に逃げようとするが、ミスリルナイフで翼に致命的なダメージを受けているワイバーンは空を飛ぶことはできない。

わたしはすぐに体勢を整え、攻撃を仕掛けようとしたとき、もう一体のワイバーンが炎を吐いて邪魔をしてくる。その炎を風魔法で相殺させる。

鬱陶しい。

横目でくまゆるの様子も窺う。くまゆるもワイバーンと戦っている。早く、こっちを片付けて、駆けつけないといけない。せめてもの救いは、ワイバーンがわたしのところに2体来てい

ることだ。くまゆるが2体のワイバーンに攻撃をされていたら、やられていたかもしれない。さらに言えば3体同時に相手をしていたら、もっと苦労していたはずだ。

くまゆるが一体を引きつけている間に倒す。

わたしは足に魔力を込め、瞬発力を上げる。ワイバーンが尻尾を振り回すが躱す。そして、その尻尾をくまゆるナイフで切り落とす。そのままワイバーンに近づくと、振り向き際に逆のくまきゅうナイフでワイバーンの首を切る。

ナイフは直接、手に斬った感触が残る。魔法と違って直に切った感覚が伝わってくる。でも、今はそんなことを言っている場合じゃない。斬り込みが浅かったため、ワイバーンは動こうとする。わたしはくまゆるナイフを横に振って首を斬る。

ワイバーンは最後に大きく翼を広げると地面に倒れる。

これで一体。残りは2体。

ワイバーンが崩れ落ちると、上空にいる別のワイバーンが「グヴァ」と鳴いて降りてくる。このワイバーンを倒せば、くまゆるのところに行ける。

わたしはチラッとくまゆるのほうを見る。くまゆるは少し離れた場所でワイバーンと戦っている。

ワイバーンはくまゆる目掛けて炎を吐く。くまゆるはジャンプして躱す。

上空から攻撃ができるワイバーンに対して、空を飛べないくまゆる。圧倒的にくまゆるが不利な状況だ。でも、くまゆるは逃げ出さずに戦っている。

ワイバーンの大きな足がくまゆるを捕らえるように襲う。

「くまゆる！」

「くぅ～ん！」

くまゆるはワイバーンの爪を躱し、ワイバーンの体に体当たりをする。ワイバーンは地面に倒れる。そこにくまゆるが攻撃を仕掛ける。

くまゆるの真っ赤なツメがワイバーンの翼を切り裂く。翼から血飛沫が出る。

おお、くまゆる強い。

くまゆるのツメは魔力を込めると、赤くなり攻撃力が上がる。命中すればそれなりにダメージを与えることができることは知っていたけど、ワイバーンの翼を斬ることもできるみたいだ。

ワイバーンは翼が傷つきながらも、飛び上がる。あっちは大丈夫そうだ。

「くまゆる、無理をしちゃダメだからね。わたしが残りのワイバーンを倒すまで、引き付けるだけでいいから」

「くぅ～ん！」

さっさと2体めを倒して、くまゆるのところに行きたい。

わたしはナイフを構えて、上空にいるワイバーンに目を向ける。ワイバーンが翼を羽ばたかせ、風を巻き起こす。砂や葉が舞う。

わたしは風を魔法を使って相殺し、そのままワイバーンに向けて氷の矢を放つ。ワイバーンは躱し、そのまま襲いかかってくる。

わたしは後方にステップして躱す。その反動を利用して、前にいるワイバーンに向かって走る。そのままワイバーンの懐に入り、そのままナイフで切りかかろうとしたとき、横から長い尻尾が飛んでくる。

同じ手は食わないよ。わたしはワイバーンの尻尾をしゃがんで躱す。尻尾が振り切れ、止まったところをナイフで斬る。

でも、浅かった。ワイバーンは嘴をわたし目掛けて突き下ろしてくる。わたしは嘴の横をクマさんパンチを打ち込む。嘴が横を向くと、目の前にワイバーンの無防備な首が現れる。

チャンス。

わたしは首目掛けて下からナイフを振り上げる。斬ったと思った瞬間。先ほど躱した尻尾が戻ってくる。尻尾のほうが速く、わたしは弾き飛ばされ、地面を転がる。

だけど、クマさん装備のおかげでノーダメージ。

でも、チャンスだったのに逃がしてしまった。

そして、ワイバーンは翼を広げて、空に逃げ出そうとする。ここで逃がすと面倒になる。そう思った矢先、ワイバーンの後ろからくまゆるが体当たりする。ワイバーンは空に舞い上がることができずに、バランスを崩して地面に倒れる。

「くまゆる！」

くまゆるの後ろからワイバーンがくまゆるに襲いかかってくる。

わたしは右手に持つくまゆるナイフを投げ、走り出す。くまゆるナイフはワイバーンの体の中心に奥深く刺さる。ワイバーンの動きが鈍くなる。わたしは走りながら、クマさんパペットに魔力を集める。クマさんパペットが電撃を纏う。

わたしはくまゆるとすれ違う。そして、跳び上がり、くまゆるに襲い掛かろうとしていたワイバーンに向けて、電撃クマさんパンチを打ち込む。

電撃クマさんパンチがワイバーンの胴体を捉え、ワイバーンは電撃で硬直する。ワイバーンは翼を羽ばたかせることができず、わたしとともに地面に落ちていく。

ワイバーンは体から地面に落ち、わたしは足でちゃんと着地する。わたしはそのままミスリルナイフを握り締め、ワイバーンの首を斬った。

わたしはすぐにくまゆるのところに駆け寄る。

くまゆるは倒れているワイバーンにクマパンチをしている。

「くまゆる。どいて」

わたしが叫ぶと、くまゆるはワイバーンから離れる。倒れているワイバーンの首をくまきゅうナイフで斬る。全てのワイバーンが地面に倒れた。

「……終わった」

「くぅ～ん」

「くまゆる、ありがとうね」

わたしはくまゆるを優しく撫でてお礼を言う。

395 フィナ、隠し部屋のことを誤魔化す（4日目）

ユナお姉ちゃんは、わたしたちを残して部屋から出ていきます。

表情は心配しないで、と言っています。ユナお姉ちゃんはくまゆると魔物が集まってきた島に戻ります。「行かないで」と言いたいですが、止めることはできませんでした。そして、ユナお姉ちゃんが部屋から出ていくと、扉がゆっくりと閉まります。そんな扉をくまきゅうが見ています。きっと、寂しいのかもしれません。そんなくまきゅうにシュリが抱きつきます。くまきゅうがいるだけで、シュリは落ち着いています。でも、シア様は少し不安そうな表情をしています。

「フィナちゃん、ここは本当に大丈夫なの？」

ここはクリモニアにあるユナお姉ちゃんのお家の地下です。魔物に襲われることは絶対にないです。でも、そのことをシア様に話すことはできません。ここがクリモニアのユナお姉ちゃんの家ってことは秘密です。

そもそも、あのクマさんの扉を通ると、クリモニアの街のユナお姉ちゃんのお家の地下に繋（つな）がっているなんて、説明しても信じてもらえないと思います。

だから、わたしはこう答えます。

「はい。この部屋はどんな魔物が来ても大丈夫です」

わたしは断言します。

このクマの扉はいろいろなところに繋がることができるそうです。なので、閉じた瞬間、元の場所とは繋がっていないそうです。だから、外にある扉を叩いても壊しても、この部屋にある扉は壊れたりしないそうです。

だから、なにがあっても、この部屋は安全だと言ってました。でも、ユナお姉ちゃんが冗談で「クリモニアが魔物に襲われたら、ここも危険かもしれないけどね」と笑いながら言ってました。

それでも、地下の部屋の中は安全だと思います。

シア様は椅子から立ち上がると、部屋の中を歩き回ります。そして、クマさんの扉のところに行きます。

扉は両扉になっていて、左右にクマさんのレリーフがあります。この扉を開けると、いろいろな場所に行くことができます。本当に不思議な扉です。もしかして、ユナお姉ちゃんはこの扉を使って、クリモニアに来たのかもしれません。前にどこから来たのかと尋ねたら、「もの凄(すご)く遠いところだよ」と言っていました。でも、二度と戻れないような雰囲気がありましたから、違うかもしれません。扉があれば戻れますからね。

そんなクマさんの扉にシア様が触れ、扉に力を込めます。

「あれ、開かない」

シア様は押したり、引いたりしますが、扉はびくともしません。

「シア様、その扉は開けることはできないです」

「そうなの？」

「ユナお姉ちゃんが言うには、その扉はユナお姉ちゃんにしか開けられないそうです。だから、魔物も人も入ってくることはできませんので、絶対に安全なんです」

盗賊や怖い人が来てもこの扉を開けることはできません。

「それじゃ、横の壁を壊せば」

シア様はコンコンと扉の隣の壁を叩きます。

「たぶん、壊れないと思います」

「本当にこの部屋は頑丈なんだね」

頑丈と言うか、クリモニアの街のユナお姉ちゃんの家の地下です。その壁の先は、たぶん土があるだけだと思います。だから、こちらから叩こうが壊れたりしないです。なんだか、シア様に嘘を吐いているようで、心が痛みます。

「でも、これじゃ窓もなにもないから、外の様子が全然わからないね。ここが安全でも、外の様子が分からないと少し不安だね」

この部屋には窓もありません。まあ、地下だからしかたないです。

シア様は扉を開けるのを諦めて、戻ってきます。

「なにかあれば、くまきゅうが教えてくれるから大丈夫です」

「そうだね。くまきゅうちゃんは魔物が近寄ってくれば、教えてくれるからね」

「くぅ〜ん」

くまきゅうがシア様の言葉に鳴きます。「任せて」と言っているのかな？　ユナお姉ちゃんじゃないので、くまきゅうがなんて言っているのか分かりません。

ユナお姉ちゃんはくまゆるやくまきゅうの言葉が分かるのが羨ましいです。わたしもくまゆるやくまきゅうと会話がしてみたいです。

「それにしても、ユナさんの家はクマだらけだね。この家もクマだし、扉もクマだし。本人はバカにされるのを嫌がるのにクマの格好しているし」

「クマが好きだから、バカにされるのが嫌なのかもしれないです」

「それなら納得かな。でも、あそこまでクマが好きな人、初めて見たよ。だから、クマの召喚獣まで手に入れることができたのかな？」

そうかもしれません。

家もクマさんだし、遠くと話せる魔道具もクマさんの形をしていますし、乗り物の馬車もクマさんです。ユナお姉ちゃんはクマさんが大好きなんだと思います。

会話をしていると、シア様も落ち着いてきたみたいです。そして、シュリの様子を見ると、くまきゅうから離れて冷蔵庫を開けている。

「シュリ？」

「お姉ちゃん。プリンやケーキが入っているよ。食べていいのかな？」

シュリが食べたそうにしている。

さっきまで魔物がいっぱいのところにいたのに、わたしの妹には緊張感がない。

でも、ユナお姉ちゃんに、この部屋を使うようなことがあったら、「みんなを落ち着かせてあげてね」と頼まれています。どうやら、その心配はないみたいです。

「たぶん、いいと思うけど。食べすぎはダメだよ」

「うん！」

シュリはプリンとケーキを取り出すと、くまきゅうの背中の上で食べ始める。

ああ、くまきゅうにこぼしちゃダメだからね。

「シュリちゃん、わたしの分もある？」

「あるよ」

プリンを食べ始めたシュリを見たシア様も、冷蔵庫からケーキを取り出します。

「フィナちゃんも食べる？」

「はい、ありがとうございます」

お願いすると、シア様がわたしの分のケーキも出してくれます。

とりあえず、わたしが不安そうにするわけにはいかないので、シア様と一緒にケーキを食べます。やっぱり、美味しいです。

でも、ユナお姉ちゃんが一人で魔物がいる島に残っているのに、こんなにのんびりしてていいのかな？

「ユナさん、大丈夫かな？」

シア様がケーキを食べながら、呟（つぶや）きます。

「ユナお姉ちゃんは強いから、大丈夫です」

シア様やシュリを不安にさせるようなことは言えないです。

「ユナさん、あんな格好しているのに凄く強いからね。黒虎（ブラックタイガー）を倒したときは凄かったよ。そのあとも１００体はいるウルフも一人で倒しちゃうし」

タイガーウルフにブラックバイパー、ゴブリンキング、スコルピオンも倒している。本当にユナお姉ちゃんは凄いです。

「それになにかあれば、ユナお姉ちゃんが戻ってくると思います」

「そうよね。黒虎（ブラックタイガー）を倒すほどだもんね。ヴォルガラスぐらいなら、心配しなくても大丈夫かな？」

「シア様、ヴォルガラスは強いのですか？」

ヴォルガラスの話はあまり聞いたことがないので、強さが分かりません。

「う～ん。普通の人からしたら脅威だけど。ユナさんほどになれば、危険はないんじゃないかな？　ユナさん、剣も魔法も使えるし。騎士団長のルトゥム様にも勝っちゃうぐらい強いから、ヴォルガラスぐらい大丈夫だと思うよ」

ルトゥム様って、確か学園祭でユナお姉ちゃんが戦った騎士様のことだったはずです。あのときの試合は凄かったです。ユナお姉ちゃん、格好よかったです。

「でも、この部屋から出られないのは暇だね」

しばらくして、シア様が呟きます。

プリンもケーキも食べ終わると暇になります。

「あっ、ゲームがあるよ」

シュリが棚の箱から遊び道具を見つけます。シュリが見つけたのはリバーシとトランプです。そういえば、ユナお姉ちゃんに、時間を潰すときはこれで遊んでねと言われていたのを忘れていました。

人はなにもせずにじっとしていると悪い方向に物事を考えがちだから、ゲームで遊べば気が紛れると言ってました。

シュリ、ナイスです。

「確か、トランプだっけ？」

前に王都に行ったときに、トランプで一緒に遊んだことがあります。

「でも、そっちは見たことはないけど」

「リバーシだよ。シア姉ちゃん、やろう」

「いいけど、遊び方を教えてくれる？」

「うん」

シュリはシア様にリバーシの遊び方を教えます。

「簡単な遊びだね。それじゃ、勝負だね」

みんなでリバーシで遊ぶことになりました。

パチ、パチパチ。白が2枚黒になる。

パチ、パチパチパチパチ。黒が4枚白になる。

黒いクマさんが白いクマさんに変わります。数えなくても勝敗は分かるほどの差がつきました。

「また、負けた〜」

「くまきゅうちゃん、勝ったよ」

シア様に勝ったシュリは嬉しそうにくまきゅうに抱きつく。

「さっきはフィナちゃんに負けて、シュリちゃんにも負けた」

「しかたないです。シア様は初めて遊ぶんですから。わたしとシュリは孤児院のみんなとよく遊んでいますから、勝てる方法を知っています」

「このリバーシっていうゲーム、単純だけど駆け引きがあって面白いね。相手にわざと取らせることや、あとで取り返すことも考えたり、多少の駒を犠牲にして、端を取るようにしたり。いろいろと考えないとダメね」

「多いところを取るだけじゃ、勝てないです」

「これもユナさんが作ったの？」

「はい。子供たちの遊び道具にって。あとよく分かりませんが、考える勉強になるって言ってました」

リバーシは相手が何を考えているか、勉強になると言っていました。

確かに、どこに相手がコマを置くか想像して、次に置くコマを考えたります。だから、予想外のところに置かれると、驚いたりします。

それから、トランプには数字を足したり、引いたりするゲームもあります。みんな、遊びたいから一生懸命に足し算と引き算を勉強します。

だから孤児院の子供たちは簡単な計算はできるようになっています。

「確かに、頭も使うね。なにも考えずにやっても勝てない。勝ちたいと思えば、いろいろと考えないといけないからね」

ユナお姉ちゃんは、小さいときから考える習慣をつけることで、考える力が身につくと言ってました。言われたことをするだけの人間ではなく、自分で考えられるようになってほしいと。考えることは、生きていくために、とても大切なことだと言ってました。

あと、絵本で文字の勉強もしたりしています。院長先生やリズさん、ニーフさんが読んであげているので、子供たちも自然と覚えていきます。

孤児院にはいろいろな絵本がありますが、一番人気があるのはユナお姉ちゃんが描いたクマさんの絵本です。クマさんの絵本はわたしが出てくるので恥ずかしいですけれど。

ユナお姉ちゃん、まだ絵本の続きを描くのかな？

わたしがそんなことを考えていると、シア様が口を開きます。

「フィナちゃん、シュリちゃん、もう一回勝負」

「うん、いいよ」

「はい」

2人はユナお姉ちゃんのことを忘れ、リバーシとトランプに夢中です。

でも、ユナお姉ちゃんの帰りが遅くなれば、心配するはずです。

だから、早く、ユナお姉ちゃん、戻ってきてください。

トランプやリバーシも終わり、シア様が扉を見ます。

「それにしてもユナさん、遅いね。大丈夫なのかな？　くまきゅうちゃん、外は大丈夫？」

少し、不安そうにします。

もしかすると、今までシア様はシュリを心配させないようにしてくれていたのかもしれません。

「くぅ～ん」

なんとなくですが、くまきゅうは、心配ないよって感じに鳴いてるように思えます。

「くまきゅうちゃんがそう言うなら、大丈夫なのかな」

シア様も同じように感じたみたいです。

「それならわたしも外に出たいけど、扉は開かないんだよね」

「はい。盗賊も入ってこられないようにするため、ユナお姉ちゃんしか開けられません」

「でも、ユナさんにもしものことがあったら、わたしたちこの部屋から出れるの？」

その扉からは出ることはできません。出ることができるのは、隠し扉からだけです。でも、それはまだ言えません。

「その、それは……」

「フィナちゃんは、何か知っているみたいだね」

「ごめんなさい」

「それじゃ、ユナさんが戻ってくるまで、もう一回勝負しようか。今度は負けないよ」

シア様は、微笑むと無理やりに尋ねてはきませんでした。
それから、わたしたちは、もう一度リバーシやトランプをしました。
そして、しばらくするとクマさんの扉が開きました。

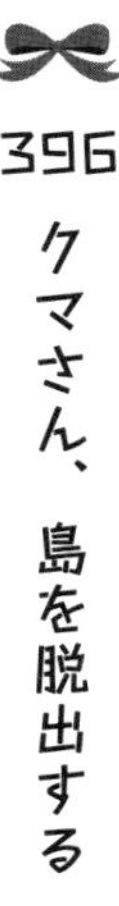

396 クマさん、島を脱出する（4日目）

少し手こずったけど無事にワイバーンを倒すことができた。当たり前だけど、寝ていて無防備状態のワイバーンと、襲いかかってくるワイバーンとでは耐久力も段違いだった。あのときは本当に寝ていてよかった。もし、起きているワイバーンと戦うことになっていたら、かなり面倒なことになっていたはずだ。

空を見ると、長い首は消えていた。

「これで終わったのかな？」

探知スキルを使って何度確認しても、ヴォルガラスの反応もワイバーンの反応もクラーケンの反応もない。新しく魔物がやってくることもない。どうやら、本当に終わったみたいだ。

あとはワイバーンを回収したら、フィナたちを迎えに行くだけだね。

ちょっと、ひと休みしようと思ったら、くまゆるが「くぅ～ん」と鳴く。

「どうしたの？」

くまゆるが海を見ている。

わたしはくまゆるが見ている海岸に向かう。海から心地よい風が吹く。海を見ると何か違和感を感じる。何かが変だ。

よく見ると渦潮が消え、潮の流れが変わっている。波は左から右に流れているようだ。まるで船が動いている感じだ。

わたしはクマの地図を開く。間違いなく島が動いている。しかも、徐々に速度が上がっている。

まずい。時間が経てば、ミリーラの町から離れていく。戻るのが大変なことになる。

急いでフィナたちを連れ戻さないといけない。

クラーケン3兄弟とワイバーンの回収は後回しにして、わたしは駆けだす。そのあとをくまゆるがついてくる。

帰る前に一つだけ確認しないといけない。

全力で走り、数十秒で桜の木のあるところにやってくる。桜の木の花びらの光は収まり、シャボン玉も消えて、幻想的な光景はなかった。

桜の木の周囲を確認したわたしは、ここに来た目的の一つであるクマの転移門を設置する。

そして、すぐに走り、クマハウスを出したクリュナ＝ハルクの石碑のところまで戻ってくると、同じ場所にクマハウスを出す。

結構、長い間みんなを放っておいてしまった。シュリは泣いているかもしれない。シアは不安そうにしているかもしれない。全てを知っているフィナは、そのせいで困っているかもしれない。みんな、わたしのことを心配してくれているかもしれない。

わたしはクマハウスの中に入るとクマの転移門がある部屋に向かう。その後ろをくまゆるがついてくる。そして、フィナたちがいる部屋にあるクマの転移門の扉を開く。

きっと、みんな、わたしを心配している姿があると思っていた。でも、そこにある光景は……。

「あああ、わたしの黒が。シュリちゃん、手加減してよ」

「ユナお姉ちゃんがゲームは真剣にしないとつまらないって言っていたよ」

「そうだけど」

シアがテーブルに突っ伏している。

「フィナちゃんはシュリちゃんよりも強いし。全然勝てないよ」

「でも、いい勝負になってきましたよ。シア様、覚えるのが早いです」

テーブルの上にはリバーシやトランプがあり、みんなが楽しくリバーシをやっている姿があった。誰もわたしのことを心配している様子はない。わたしが外でワイバーンと戦っている間、3人は遊んでいたようだ。不安になっているよりはいいことなんだけど。なんとも言えない気持ちになる。

わたし、ワイバーンと戦っていたんだよ。結構、苦労したんだよ。もちろん、ワイバーンのことを知らない3人だからしかたないけど、なにか悲しい。そんな中、くまきゅうが一番にわたしのことに気付いて駆け寄ってくる。

「くまきゅう、ただいま」

「くぅ～ん」

くまきゅうは心配してくれていたみたいだ。くまきゅうは癒やしだ。もちろん、くまゆるも癒やしだよ。

わたしがくまきゅうを抱きしめるとフィナたちもわたしのことに気付く。

「ユナお姉ちゃん！」

「フィナ、戻ったよ。みんなは……大丈夫そうだね」

「ユナさん、戻ったんですね。心配してたんですよ。扉はユナさんしか開けられないって言うし」

「安全対策でわたし以外開けられないようになっているからね」

嘘です。クマさんパペットじゃないと開けられないだけです。

シュリはわたしのところにやってくると抱きついてくる。

「シュリ、ただいま」

「ユナ姉ちゃん。お帰り」

シュリの頭を撫でる。もしかして、心配してくれていたのかな？

「ユナお姉ちゃん。怪我はないですか？」

「ないよ」

「くまゆるちゃんも大丈夫？」

シュリがくまゆるに尋ねる。くまゆるは「くぅ〜ん」と大丈夫だよとアピールするようにシュリに擦り寄る。

「心配かけてゴメンね。みんなは大丈夫だった？」

「みんなでゲームをしていたから大丈夫だよ」

フィナはちゃんとみんなを不安にさせないように頑張っていたみたいだ。

「ユナさん、このゲーム、いくつか持っているようでしたら一つくださいませんか？　お土産に持って帰りたいです」

「別にいいけど」

「ユナ姉ちゃん、プリンとケーキ美味しかったよ」

テーブルの上には食べかけのケーキや食べ終わったプリンのカップなどが置いてある。本当に不安もなく、過ごしていたみたいだ。

でも、ひと言言いたい。みんな、外の状況忘れていない？

まあ、怖がって泣いているよりはいいけど。

「ユナお姉ちゃん。外は大丈夫なんですか？」

「そうです。ユナさん。魔物は!?」

思い出したかのように尋ねてくる。

「魔物は、もういないから安全だよ。でも、島が動きだしたから、早く島から出るよ」

わたしは3人を部屋から出るように言う。

「ちょっと待ってください。片付けますから」

「そんなの後でいいよ。このままじゃ、帰る方向が分からなくなって、ミリーラの町に戻れなくなるから、すぐに島を出るよ」

クマの地図のスキルがあるから、今なら迷子になることはない。でも、時間が経ってクマの地図の範囲外に出てしまうと、帰る方角が分からなくなってしまう。

3人はわたしの言葉が効いたのか慌てて部屋から出る準備をする。そして、部屋を出るとクマの転移門の扉を閉める。島にあるクマハウスから出ると、それをクマボックスにしまう。

先に出た3人は海岸沿いから海を見ている。

「本当だ。島が動いている」

「それじゃ本当にこの島はタールグイだったんですね」

今はタールグイの頭は海中に潜っているため、3人にはタールグイの存在は曖昧になっている。

「それはあとで説明するよ。今はとにかく早く島から出るよ。くまゆるとくまきゅうに乗って!」

フィナとシアはくまゆるに乗り、わたしはシュリとくまきゅうに乗る。くまゆるとくまきゅうは走り出し、島の反対側に向かう。目の前の海は進行方向になるから、ここから海に飛び出すのは危険だ。だから、タールグイの後ろと思われる方から脱出することにする。

くまゆるとくまきゅうは走る。その途中でワイバーンの死骸（しがい）の横を通る。

「ワイバーン？」

ワイバーンの死骸を見てシアたちは驚く。さらにクラーケンの死骸もあるけど、燃えてしまったので、クラーケンの原形は残っていない。

「ユナさん、なにがあったんですか？」

「説明は後だよ。今は島から脱出するのが先だよ」

島の最後尾に来ると、くまゆるとくまきゅうは海に向けてジャンプして、海に着水する。無事に島から脱出することに成功する。

「島が離れていく」

くまゆるとくまきゅうは海の上に立っているだけだけど、大きな島、タールグイは離れていく。ここに戻ってくるのは数年後かもしれない。

わたしたちをのせたくまゆるとくまきゅうは、ミリーラの町に向かって海の上を駆けていく。

「ユナさん、さっきのワイバーンは」

「想像通りだと思うけど。ワイバーンがやってきたよ」

「それじゃ、ワイバーンはユナさんが倒したんですか？」

「安全に島を脱出したかったし、ヴォルガラス以上にワイバーンをミリーラの町に行かせるわけにはいかなかったからね」

わたしたちが逃げ出すことはクマの転移門を使えばできた。

でも、くまゆるを餌と思って襲いかかってくる魔物だ。そんな魔物が船でも来られる距離にいると思うと、安心して旅行を終えてクリモニアに帰ることはできない。

「わたしたちが安全な部屋で遊んでいるときに、ユナさんはわたしたちのために戦っていたんですね。ユナさんにはいつも助けてもらってばかりですね」

「3人を守るのがわたしの役目だからね」

3人にもしものことがあったら、悔やみきれない。

「でも、残念です。伝説の生物、タールグイの存在が知れたのに。なにも調べることができないなんて」

「そのほうがいいよ。クリュナ＝ハルクの本にもタールグイのことは知られたくないって書いてあったし。一応、善人としてクリュナ＝ハルクの本を呼び出した者としては約束を守らないといけないからね。だから、今回のことはわたしたちだけの秘密だからね」

「うぅ、わたしは呼び出せませんでした」

「シアもちゃんと魔力を流せば、呼び出せたよ。それとも約束を破って他人に話すような心の持ち主だったから……」

「そんなことはないです。言いふらしたりはしません。ユナさんの言う通りに魔力の込め方が足りなかったんです」

シアは否定する。そりゃ、自分のことを悪人とは思いたくないだろう。まあ、あの石碑から本を呼び出せる条件は曖昧(あいまい)だ。

「フィナもシュリも内緒でお願いね」

「うん」

「はい。でも、わたしたちがいなかったことはどうしますか？　ノア様には絶対に気付かれていると思いますよ」

本当なら、もう少し早く戻る予定だった。

もう、陽が沈みかけている。

確かにそれは十分にあり得る。ノアがわたしたちがいないことに気付かないわけがないよね。

「それじゃ、クリュナ＝ハルクとタールグイ、それから魔物のことは内緒にして、近くの島を探検していたってことにすればいいよ」

「それなら、なんとか」

「でも、ノアを連れていかなかった理由はユナさんが説明してくださいね」

「それは姉であるシアが」

「無理です。逆にユナさんとくまゆるちゃんとくまきゅうちゃんと遊んだと思われて、問い詰められます。だから、わたしが助けてほしいぐらいです」

それはシアがついてきたいって言ったからだよね。

でも、みんなには黙ってもらう代わりだ。そのぐらいはわたしが引き受けないとダメだろう。

それに3人に任せて、ボロが出ても困る。

「分かったよ。言い訳はわたしがするけど、みんなはちゃんと黙っておいてね」

「はい」

「うん」

「分かりました」

いろいろとあったけど、みんな無事に帰ることができてよかった。

397　クマさん、押し花を作ることにする（4日目）

わたしたちは出発した場所の海岸まで戻ってくる。

そして、くまゆるとくまきゅうに乗ったまま町の入り口までやってくると、門番のおじさんが話しかけてくる。

「嬢ちゃん、遅かったな。少し、心配したぞ」

「ちょっと、遊んでいたら遅くなってね」

陽が沈みかけている。

島の探索だけでなく魔物も現れてしまい、戻ってくるのが遅くなってしまった。でも、夜にならないうちに戻ってこられたからよかった。

門番のおじさんに挨拶をして門を通ると、そのまま子供たちが遊ぶ海水浴場まで戻ってみたけど、子供たちの姿はない。

クマのウォータースライダーと海の家(クマ)があるだけだ。

「誰もいません」

「もう、家に戻っているみたいだね」

わたしたちはクマビルに向かう。

クマビルには明かりが灯っており、中に入ると、1階の食堂に院長先生と数人の子供たちの姿があった。

奥のキッチンからは美味しそうな匂いが漂ってくる。モリンさんやアンズたちが料理を作っているみたいだ。

「ユナさん、お帰りなさい」

院長先生が声をかけてくる。

「ただいま。何もなかったですか？」

「ええ、子供たちは今日もみんな楽しく遊んでいましたよ。ただ、ノアさんがユナさんたちのことを捜していました」

やっぱり。

「……えっと、なにか言ってましたか？」

「そうですね。少し怒っていました」

少し、言いにくそうに言う。

「もしかして、わたしのことも？」

「はい、シアさんのことも、フィナちゃんのことも。ズルいと」

シアは自分を指して尋ねる。

「わたしも？」

フィナは困った表情をする。

ノアが頬を膨らませて、怒っている姿が容易に想像ができてしまう。

「そのノアは？」

「お部屋に戻っていると思います」

ここは部屋に行って、宥めないといけないかな。

4人でノアの部屋に行こうと思って階段を見ると、ティルミナさんが下りてきた。

「あら、フィナ、シュリ、帰ってきたのね」

「お母さん、ただいま」

「ただいま～」

フィナはティルミナさんのところに駆け寄り、シュリはティルミナさんに抱きつく。

「帰りが遅かったけど、どこに行っていたの？」

「えっと、その」

「内緒だよ」

どうやら、フィナとシュリは約束を守って黙ってくれているみたいだけど、嘘が下手みたいだ。

「あら、お母さんにも内緒なの？」

「ユナ姉ちゃんとの約束だから」

ティルミナさんがシュリの頭を撫でながら、わたしのことを見る。

「もしかして、娘たちに悪いことを教えたりしたのかしら？」

「悪いことってなんですか。ちょっと、近くの島を探索しに行ってきたんですよ」

嘘は言っていない。

「島？　そうなの？」

ティルミナさんはフィナとシュリに確認する。

「うん」

2人はわたしを見て頷く。

細かいところまで口裏合わせはしてないので、どこまで話していいか、分からないみたいだ。

「それじゃ、どうして、内緒なの？」

「他の子供たちが知って、行きたいって言いだしたら、困るから」

話を聞けば、ノアだけでなく、他の子供たちも行きたいと言いだす可能性はある。

「確かに、全員行きたいと言いだしたら困るわね」

わたしの言い訳にティルミナさんも納得してくれる。

「それで、島は楽しかった？」

「うん、リンゴ美味しかったよ」

「リンゴ？」

「うん」

シュリが頷く。

「あと、あと、お花が綺麗だった」

「お花？」

ティルミナさんはコロコロと話題が変わるシュリの話を笑顔で聞いている。本当に仲がいい親子だ。

「ああ、そうだ。お母さん、お土産があるの。お姉ちゃん出して」

シュリに言われて、フィナは思い出したかのように、アイテム袋から花を取り出した。

もしかして、タールグイに咲いていた花？

あんな騒ぎがあったけど、花を摘んで、フィナのアイテム袋にしまっていたみたいだ。

「あら、このお花、わたしにくれるの？」

「うん」

「2人で摘んだんだよ」

「ありがとう、綺麗な花ね」

ティルミナさんはフィナから花を受け取ると嬉しそうにする。

「たくさん綺麗な花が咲いていたんだよ」

シュリは魔物のことは忘れたのか、楽しそうに話す。

トラウマになるよりはいいけど、フィナと一緒で強い子だ。

「お母さんも見てみたかったわ」

ティルミナさんは花を見ながら言う。

「あとで部屋に飾りましょう」

花瓶なんて気の利いたもの、この家にあったかな？

どちらかというと、わたしは花より団子だ。花を飾るような女の子らしい趣味は持ち合わせていないので、クマボックスにも入っていない。

でも、花瓶ぐらいなら、土魔法で作れるかな。

「それにしても綺麗な花ね。数日で枯れるのはもったいないわね」

そればかりはしかたない。花は長くは保たない。カメラでもあれば写真に収めることもできたけど、この世界にそんなものはない。わたしが絵を描いても、それではシュリとフィナからのプレゼントでなくなってしまう。

わたしは少し考えて、良い案が浮かぶ。

「それじゃ、押し花を作ればいいんじゃない？」

「押し花？」

シュリは首を傾げる。

もしかして、押し花を知らない？

でも、別のところから反応がある。

「わたしも押し花を作ろうかな」

シアは押し花のことは知っているみたいで、わたしの案に賛成する。もしかして、押し花って上流家庭ぐらいしか行わないのかな？

「ユナ姉ちゃん。押し花ってなに？」

「簡単に説明すると、花を本みたいな平らなものの間に挟んで乾燥させて作る花のことだよ？そうすれば長い間保存できるし、額縁に入れたりして飾ると綺麗だよ。ただ、花がぺたんこになるのが難点だけどね」

小学校のときに作ったから、作り方は覚えている。プロが作るような押し花じゃなければできるはずだ。

「作り方を失敗しなければ、枯れたりはしないはずだよ。花の色は多少変わるかもしれないけど」

水分をちゃんと取らないと傷んだりする。そのあたりは乾燥剤があれば大丈夫だったはず。乾燥剤はこの世界でも売っているのを見たことがある。

変色を防ぐためには、なるべく空気に触れないように密封するって聞いたことがある。細かい部分もあるが、作れなくはないはず。

「それじゃ、うちで作りますか？　確か道具はあるはずです。あっ、でも家に戻るまで花が」

「花なら、わたしが預かるよ。わたしのアイテム袋なら枯れたりしないからね」

「確か、ユナさんのアイテム袋は特殊なんですよね」

クマボックスに入れておけば枯れたりはしない。

「シュリ、どうする？」

「枯れないの？」

「ちゃんと預かるよ」

「うん、分かった。ユナ姉ちゃん、お花預かって」

ティルミナさんがシュリの言葉を聞いて、わたしに花を渡してくれる。わたしはクマさんパペットに咥えるとクマボックスに入れる。

「ユナさん、わたしのもお願いしてもいいですか？」

どうやら、シアも一緒に花を摘んでいたらしい。３人とも女の子らしいね。

「いいよ。フィナも花があるなら預かるよ」

「ありがとうございます」

シアとフィナの花も受け取り、クマボックスの中にしまう。

クリモニアに戻ったら押し花作りだね。

「ああ、ユナさん。戻ってきています」

「本当です」

　わたしたちが押し花の話をしていると、階段からノアとミサが下りてくる。そして、わたしを見つけると、駆け寄ってくる。

「ユナさん、どこに行っていたんですか。黙っていなくなるなんて酷いです。どこかに行くなら、わたしも連れていってください」

「ごめんね。本当は一人で出かけるつもりだったんだけど、フィナたちに見つかって、一緒に行きたいって言うから」

　それに、くまゆるとくまきゅうは定員オーバーだったんだよ。ノアとミサは体が小さいから3人まで乗れないことはない。でも、一緒にいるマリナとエルまでついてくると言いだしたら、完全に定員オーバーだ。

「フィナもお姉さまもズルいです」

「わたしもそう思います」

　ノアとミサが少し頬を膨らませる。可愛い。

「だから、ノアとミサをのけ者にしたわけじゃないよ」

「本当ですか？　わたしたちが邪魔だからってことじゃないですよね？」

「ノアとミサが邪魔なら、ミリーラの町にも連れてこないよ。本当に一人で行くつもりだったんだよ」

わたしは3人を見る。

「シュリのおトイレに付き合っていたら、ユナお姉ちゃんが、お出かけしようとしていたから」

「トイレから出てきたら、ユナ姉ちゃんが、お出かけしようとしてたから」

「わたしは飲み物を飲んでいたら、ユナさんが隠れてお出かけしようとしていたから」

フィナとシュリ、シアがそれぞれ説明する。

「わたしたちが遊んでいる間に、そんなことが。うぅ、今度はわたしたちも誘ってくださいね」

どうやら、それほど怒ってはいないようだ。寂しかったみたいだ。そう考えると可哀想なことをしたね。

「それで、ユナさんたちはどこに行っていたんですか？」

「近くの島の探索だよ。なにか面白いものがないかなと思って」

島に行ったことはティルミナさんにも話しているので、このぐらいは問題はない。下手に全てを隠そうとすると余計に怪しまれるし、気になるものだ。

鋭い。

「島の探索ですか。もしかして、あの動く島ですか！」

「違うよ」

流石に本当のことは言えない。

「そうなんですか。てっきり、ユナさんなら行くと思ったんですが」

わたしの性格を見抜かれているね。

「なら、わたしもユナさんたちが行った島に行きたいです」

「連れていってあげたいけど、魔物がいたから、連れていくことはできないよ」

ここは本当だ。

「そうなんですか⁉　ユナさんがいるから大丈夫だと思いますが、危なくなかったんですか？」

「わたしたちはユナさんの家の中で隠れていたから、大丈夫だったよ。あとはいつも通りにユナさんが魔物を倒してくれたから」

シアがフォローしてくれる。

「流石、ユナさんですね。でも、魔物がいる場所に行きたいとは言えないですね。魔物がいるところに無理に連れていってもらうと、ユナさんに迷惑をおかけします。それにお父様やお母様に知られたら、怒られます」

ここで、「ユナさんやマリナたちがいるから大丈夫ですね」とか言い出さないところが偉いと思う。ちゃんと物事の善し悪しを理解している。

「でも、それにしては戻ってくるのが遅かったと思うのですが」

「綺麗な花が咲いていたから、ちょっと休憩したりしていたからね」

わたしはフィナたちから預かった花を取り出す。

「クリモニアに戻ったら、この花で押し花を作るんだけど、一緒に作る？」

「押し花ですか？」

「花を乾燥させるんだよ。上手にできれば綺麗だよ」

「はい、作ります。今度はのけ者にしないでくださいね」

わたしの言葉にノアは嬉しそうにする。

「ミサもクリモニアに帰ったら一緒にやろうね」

「はい。お爺様にお願いしてみます」

無事にノアとミサのご機嫌も直り、わたしたちがいない間、孤児院の子供たちとクマのウォーターースライダーで遊んだことを話してくれた。

孤児院の子供たちとも仲良くしているようで、よかった。

そして、モリンさんとアンズたちが作った料理がテーブルに並べられ、美味しくいただいた。

398 クマさん、島に戻ってくる（4日目）

「お風呂、ありがとうね」

今日はわたしたちが帰ってくるのが遅かったので、ノアとミサ、それからマリナにエル、ルリーナさんがお風呂の用意をしてくれた。

「約束ですから」

今日は子供たちや他の人たちが先に入り、その次にフィナとシュリはティルミナさんと一緒に先に入ってもらい、わたしは一番最後にお風呂に入ることにした。

ノアとミサもわたしに付き合って、一緒に入っている。

「ノアは掃除をしたんだから、一番初めに入ってもよかったのに」

「ミリーラに来て、あまりユナさんとお話をしてなかったので」

確かに、1日目は別々に遊び、2日目も別々に行動し、3日目もバラバラで、午後に遊ぶ約束したにもかかわらず、わたしはダウンして休んでいたうえ、結局タールグイに行ってしまった。

「だから、少しでもお話がしたかったんです」

「わたしもです」

「ごめんね」

「でも、明日は一緒にいてくれる約束をしてくれたので、許してあげます」

今日のこともあったので、明日はノアたちと一緒に遊ぶ約束をした。

「そういえば、午前中は街を見学していたんだよね。勉強にはなった？」

「はい、見たことがないものがたくさんあって、勉強になりました」

ノアの言葉にミサが頷く。

「自分の街にないものを見かけると、自分の街にもあればいいのにと思ったりします」

そのことを理解するためには、自分の街になにがあるのかを知っておかないといけない。つまり、ノアもミサも自分たちの街になにがあるのかをちゃんと理解しているってことだ。

よく、ノアが「街を散策をするのは勉強ですよ」と笑みを浮かべながら言うけど、領主の娘としては本当に勉強のためだったんだと理解する。

「ユナお姉さまのおかげで、わたしも自由に家の外を歩けるようになりましたから、最近は楽しいです」

ミサも楽しそうにそう言った。

少し前まではバカ貴族と一緒にミサの祖父であるグランさんが街を治めていた。

そのバカ貴族とは仲が悪く、そのバカ貴族の息子からミサは嫌がらせを受けていた。

でも、いろいろなことがあり、バカ貴族は消え、グランさんが責任を取り、領主を息子のレオナルドさんに譲り、今ではミサの両親が街を治めている。

この笑顔を守れて、本当によかったと思う。


その日の夜、みんなが眠りにつくころ、わたしはタールグイにあるクマの転移門に転移する。

扉を開けると真っ暗だった。街灯もなく、照らすのは月と星の光ぐらいのものだ。

わたしは魔法で光を作り出す。周囲をクマの顔をした光が照らす。

「くまゆる、くまきゅう、行くよ」

「「くぅ～ん」」

通常サイズのくまゆるとくまきゅうがクマの転移門を通り、わたしについてくる。

くまゆるとくまきゅうが門を通るのを確認すると、タールグイに設置していたクマの転移門をしまう。あのときは急いで設置したので、設置するならちゃんとした場所にしたい。

桜の木を見る。桜の木は光っていない。少し残念に思う。もし光っていたら、夜の中、輝く花が綺麗だったかもしれない。もっとも、そのときは魔物が近寄ってきて、花見どころじゃなくなるんだよね。

とりあえず、わたしは倒したワイバーンを回収しに行くことにする。

せっかく倒したんだから、回収しないともったいない。

確かこっちだったはず。クマの地図を出してもタールグイが移動しているため、地図は使いものにならなかった。なので周囲を見ながら、記憶を頼りにワイバーンと戦った場所を探す。

でも、昼と夜では雰囲気が変わるので、ちょっとわからない。なにより、遠くまで見えないのが難点だ。

「くまゆる、くまきゅう。どこでワイバーンを倒したか、分かる？」

「「くぅ～ん」」

わたしはくまゆるとくまきゅうの上にも魔法で光を出してあげる。くまゆるとくまきゅうの上にクマの顔をした光が浮かぶ。

くまゆるとくまきゅうが歩き出す。一緒にクマの光の玉も動く。しかも２人とも同じ方向に歩いていく。どうやら、わたしより把握しているようだ。

わたしが黙って後ろからついていくと、倒したワイバーンがあった。

他に魔物や動物がいないから、倒したときの状態のままだった。わたしは全てのワイバーンを無事に回収する。

あとはクラーケンだけど。炎で燃えちゃったんだよね。

くまゆるとくまきゅうにクラーケンの場所に連れていってもらう。ぐにゃぐにゃの焦げたような、変な状態になっている。

う～ん。絶対に素材になりそうもない。ゲームなら、どんな方法で倒そうが素材は手に入るけど、現実はそうもいかない。

まあ、なにも考えずに炎で攻撃したわたしが悪いんだけど。

こんな状態のクラーケンはクマボックスにしまいたくない。でも、放置すると魔物が来るかもしれない。そう考えると、海に捨てたほうがいいかな？

「でも、魔石ぐらいは欲しいけど。どうしようかな？」

わたしが呟くと、くまゆるとくまきゅうが「くぅ～ん」と鳴くと、クラーケンの死骸に突入する。

「くまゆる！　くまきゅう！」

わたしが名前を呼んだときにはくまゆるとくまきゅうはクラーケンの死骸の中だ。

そして、しばらくするとくまゆるとくまきゅうが魔石を咥えて戻ってくる。

「……その、2人ともありがとう。でも、一度送還するね」

くまゆるとくまきゅうの体にクラーケンの破片がべっとり付いてる。わたしは一度送還してから、再度召喚する。

うん、綺麗なくまゆるとくまきゅうが戻ってきた。本当にこれは便利だね。あと、ゲームみたいに召喚回数に制限とかないのもいいよね。ゲームによっては回数が決まっているからね。

残りのクラーケンの残骸は魔法を使って海の中に捨てる。

ワイバーンとクラーケンの魔石を回収したわたしが次に向かった先はクリュナ＝ハルクの石

碑だ。今、わたしはクリュナ＝ハルクの本は持っていない。消えたというのが正しい。わたしは最後にクリュナ＝ハルクの本を読んだあと、ワイバーンに襲われたとき、クマボックスに無意識にしまってしまった。

そして、ミリーラのクマハウスに戻ってきて、ついさっきクマボックスを確認したけど、クリュナ＝ハルクの本はなかった。

わたしは石碑のところにやってくると、石碑に触れ魔力を流す。すると、前回と同様に石碑は光りだし、本が無事に現れる。

消えた本はちゃんと、石碑の中に戻っていたみたいだ。

クマボックスから消えていたときは慌てたけど、ちゃんと元の場所に戻っていてよかった。

でも、本当にどんな仕組みになっているのかな？

わたしは実験をしてみることにする。

そして、実験の結果。クリュナ＝ハルクの本について分かったことは以下の通りだった。

石碑を中心として、一定の距離以上離れると本が消える。だから、一定の距離内なら、海の上に出ても消えたりはしない。石碑が島の先頭にあるから、後ろのあたりに行くと本は消える。

クマの転移門を使って移動した場合。扉を開けている間なら、本は存在できる。でも、扉を閉めると本は消える。

クマボックスに入れていても、一定の距離になると消える。

考えられることは、石碑と本は見えない魔力のようなもので繋（つな）がっていて、その一定の距離を離れると本が消えるみたいだ。

本の消え方は、まるで分子分解されるように小さな粒子のようになって消えていく。その現象を見たとき、ゲームのことを思い出した。魔力で作り出す武器などがあった。その消え方に似ていた。

もしかすると、この本はわたしの魔力で作りあげたものなのかもしれない。だから、一定量の魔力がないと本が出現しない。そう考えると、辻褄（つじつま）が合う。

まあ、あくまで、わたしの想像の範囲になる。でも、こんなことができるものを作るクリュナ＝ハルクは凄（すご）い人物だったみたいだ。

夜中に検証をするつもりはなかったけど、気になったんだから、しかたない。

そろそろ眠くなってきたので、どこかにクマの転移門を設置にして、帰ることにする。

本当は石碑の近くがいいんだけど。クマハウスを建てるつもりなので、海岸の近くだと、島に近寄ってきた船から見えてしまう可能性がある。

だから、少し島の内側にクマハウスを建てたい。

でも、暗いから良い場所を探すのは難しそうだ。昼にもう一度来たほうがいいかな。

「くまゆる、くまきゅう、石碑から近くて、目立たない場所ってないかな？」

ダメ元で尋ねてみる。ワイバーンを探してくれたときみたいに、見つけてくれるかもしれない。

でも、くまゆるとくまきゅうは「「くぅ〜ん」」と鳴いて首を横に振る。

そうだよね。行ったことがない場所を教えてと言っても無理だよね。わたしは桜の木の方に向かって歩き出す。すると、昼間は気付かなかったが、横に小道がある。

こっちはなにかあるのかな？

小道を進むと、少し開けた場所に出る。

うん？

わたしは光の魔法を前方に放り投げる。クマの光に照らされて出てきたのは、崩れた家だった。

もしかして、誰かが住んでいた？

クリュナ＝ハルク、もしくは昔に助けられた人が住んでいたのかもしれない。

木々に囲まれているので周囲からは見えにくい。でも、少し開けているので、空は見える。昼になれば太陽の光が照らしてくれる。

わたしはこの場所にクマハウスを設置することにした。クマボックスから旅用のクマハウスを壊れた家の隣に出す。

そろそろ、クマハウスの在庫も少なくなってきた。今度、まとめてクマハウスを作らないといけないね。外観は簡単に作れても中の家財道具は購入しないといけない。お風呂や細かい部分も手を加えないといけないから、作るならまとめてやるのが効率的だ。

今度、クマハウスを作るときは10個ぐらいまとめて作ろうかな。大中小って作っておくのもいいかもしれない。

わたしはクマハウスに入り、クマの転移門を使って、ミリーラの町のクマビルまで戻ってくる。

これでタールグイのことも一段落し、あとは暇を見て探索するだけだ。

タールグイがどこに移動するのかも楽しみだ。

好きな場所に行けないのは少し残念だけど、ゲームのイベントと思えば楽しみが1つ増えた。

遠いところまで行ってくれるといいな。

わたしは子熊化したくまゆるとくまきゅうと一緒に眠りにつく。

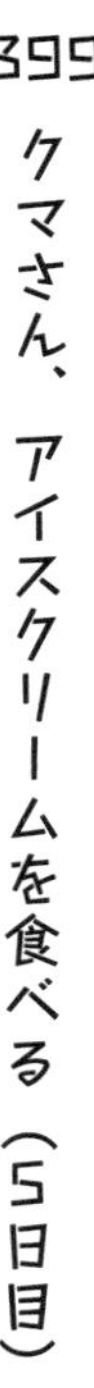

399 クマさん、アイスクリームを食べる（5日目）

昨日はタールグイのおかげで大変だったけど、異世界特有の経験ができた。

疲れていたが、白クマで寝たこともあって体力は回復できた。

まだ、旅行は続いている。

そして、従業員旅行5日目が始まる。始まるってことは水着選びをしないといけないってことでもある。

本当は家でゴロゴロしていたいけど、今日はノアやミサと一緒に遊ぶ約束があるので、それは叶わない。

フィナとシュリはティルミナさんとゲンツさんと海で遊ぶとのことだ。昨日わたしと一緒にいたので、ノアたちに譲るようなことを言っていた。

わたしは誰のものでもないんだけど。

「はぁ～」

ため息を吐くと、諦めて水着を選ぶことにする。

1回目はフィナに選んでもらったビキニを着て、2回目がワンピースの水着、今日が3回目の水着選びとなる。

個人的には同じ水着でもいいと思うんだけど、シェリーから「次はどんな水着を着てくれるか楽しみです」とか言われたら、同じ水着を着ることはできない。

わたしが選んだのは白と黒のセパレート。ビキニやワンピースに比べれば、一番、落ち着いた水着だと思う。

わたしはセパレートの水着を着ると、その上にクマの着ぐるみを着る。

「ユナさん、着替えは終わりましたか？」

部屋の外からノアが尋ねてくる。

「お、終わったよ」

返事をすると水着姿のノアとミサとシアの3人が部屋に入ってくる。

「どうして、クマさんの格好なんですか？」

「クマさんです」

「ユナさん、泳がないんですか？」

「水着なら中に着ているよ」

恥ずかしいだけだ。

クマハウスから、浜辺まで若干距離がある。少しでも、水着姿は短いほうがいい。

それから、今日はマリナとエルの2人もミサの側にはいない。

ミサから今日は護衛はせず、自由に行動してと言われていた。

マリナは仕事だからと言ってミサの側にいようとしたが、ミサに断られていた。たぶん、ミサなりに気を使ったんだと思う。

だから、ミサのことはわたしが守るってことで、マリナたちには納得してもらった。

ミサに休みをもらった２人は渋々と冒険者ギルドに行くと言って出ていった。別に仕事をするわけじゃなく、冒険者同士の情報交換をするためらしい。その町の話を聞くのは、その地域のことが分かるから、新しい町に行くと冒険者ギルドに顔を出すのは冒険者の基本らしい。

町の近くにはどんな魔物が生息しているか、どんな仕事があるのか、そんな話をするらしい。あと、仕事内容を見ても、その町の状況が分かるらしい。

魔物の討伐の依頼が多ければ、魔物が多く発生していることが分かる。盗賊がいるかどうかも分かる。それにともない護衛の数が多ければ流通や危険度も分かるということだ。

ノアから聞いた話では、街を治める者としては、ギルドから上がってくる情報は貴重らしい。だから、クリフとギルマスは交流があり、かなり親しかったんだね。

逆に交流がなく、親しくなければ情報を得ることができず、グランさんみたいにたいへんなことになりかねない。どこの世界でも情報は、価値があるってことだ。

わたしはノア、ミサ、シアの３人を連れて、浜辺に向かう。

「今日はユナさんと一緒です」

ノアとミサはくまゆるとくまきゅうに乗っている。その後ろをわたしとシアがついていく。

海辺に来ると、すでに子供たちが遊んでいる姿がある。

海で泳いでいる子。水辺で水の掛けっこしている子。砂浜で砂遊びをしている子。ウォータースライダーで遊ぶ子。フィナとシュリもティルミナさんとゲンツさんと一緒に遊んでいる姿がある。

みんな楽しそうに遊んでいる。

「ユナさん、わたしたちも早く行きましょう」

ノアがわたしの手を引っ張る。

「その前に準備運動だよ」

足でも攣(つ)って溺(おぼ)れでもしたら大変だ。

ノアたちは素直に従って、準備運動をする。

「それで、ユナさん。なにして遊びますか？」

なんでもいいなら、寝て過ごしたいよ。

「ユナさん、面倒って思っていませんか？」

「お、思っていないよ」

ここに心を読む女の子がいるよ。

「本当ですか？　それなら、ユナさん。泳ぎに行きますよ。ミサも、お姉さまもいいですよね」

「はい。泳げるところをユナお姉さまに見てほしいです」

「わたしもいいよ」

「それじゃ、ユナさん。クマさんは脱いでください」

わたしは渋々とクマの着ぐるみを脱ぐ。

どうして、水着を着ているのに上の服を脱ぐときって恥ずかしいんだろう。やっぱり、小学校以来、プールも海も行ったことがないからかな？　経験値が低いからだと思う。

「ユナさん、今日も違う水着なんですね」

「シェリーがいろいろな水着を作ってくれたからね。どれも可愛い水着だから、わたしには似合わないから、少し恥ずかしいんだけどね」

「だから、クマさんの服を着ていたんですね。でも、大丈夫です。ユナさんの水着はどれも似合っています」

「はい、わたしもそう思います。凄(すご)く綺麗(きれい)だと思います」

「ユナさん、いつもクマの格好をしているから、分からないけど。体が細くて、綺麗だよね」

3人がわたしの体を舐(な)め回すように見る。

「恥ずかしいから、そんなに見ないでほしいんだけど。それに、ノアとミサのほうが可愛いし、シアのほうが綺麗だよ」

ノアは青色、ミサは緑色のビキニにフリルが付いて可愛らしい。シアは赤いビキニで大人っぽい。

「ふふ、いつもあんな可愛らしいクマさんの格好をしているのにですか？」

やっぱり、クマの格好は恥ずかしい格好なの？

「クマには慣れたからだよ」

「それなら、その水着の格好も時間が経てば慣れますよ。遊びに行きましょう。でもシェリーは、ユナさんのためにたくさんの水着を作るなんて、ユナさんのことが大好きなんですね」

「楽しかっただけじゃない？」

本人もそう言っていたし。

「好きな人のために作るから、楽しいんですよ。どうでもいい人の水着だったら、楽しくないし、何着も作ろうとは思いません」

「わたしもそう思います」

ノアの言葉にミサも頷(うなず)く。確かに2人に言われると、そうとも思う。料理でも好きな人になら、たくさん作ってあげたいと思うけど、どうでもいい人の場合、たくさん作ってあげようとは思わないと思う。

わたしはクマ装備一式をクマボックスにしまい、残った白のクマさんパペットをくまゆるとくまきゅうに預かってもらう。

そして、くまゆるとくまきゅうには海の家に残ってもらい、緊急時に備えてもらう。

水着姿になったわたしはノアとミサに手を引っ張られ、シアに背中を押されて、海に入る。

海は冷たいけど、気持ちいい。

ノアとシアが水をかけてくるので、ミサとタッグを組んで、撃退したり、ノアとミサが泳ぐところを見たり、クマのウォータースライダーで遊ぶ。

そして、毎度のことながら、体力の限界が来て、海の家で倒れることになる。

本当に子供は元気だ。

「わたしも疲れました」

「はい。いっぱい遊びました」

「ユナさんじゃないけど、疲れたね」

と3人は言うけど、わたしより元気だ。

「それにしても、今日も暑いですね」

今日もいい天気だ。ただ、日射しが強いから、水分補給は欠かせない。

ノアたちと水分補給をしているとフィナとシュリ、ティルミナさん、ゲンツさんも水を飲みにやってくる。

「喉が渇きました」

「みず〜」

２人は冷蔵庫から水を出して、美味しそうに飲む。

「本当に暑いわね」

ティルミナさんもゲンツさんも水着を着ている。どうやら、シェリーに作ってもらったみたいだ。

暑そうにするノアやフィナたちを見て、わたしはアイスのことを思い出す。

忘れていたわけじゃないけど、出すタイミングがなかった。初日は漁師のみんながやってくるし、次の日は船に乗ったり、わたしが挨拶回りをしていた。昨日はウォータースライダーを作ったり、動く島に行ってしまい、アイスクリームを出すタイミングを逃していた。

でも、今はちょうど良いタイミングかもしれない。

「フィナ、ちょっといい？」

水を飲んでいるフィナに声をかける。

「なんですか？」

「アイスクリームを食べようと思うから、海で遊んでいるみんなを集めてくれる？　それに休憩は必要だと思うし」

水分補給を忘れて、遊びまくる子もいるかもしれない。それなら、全員まとめて休憩をさせたほうがいい。

「はい、わかりました。呼んできますね」

フィナは水を一気に飲み干すと、砂浜で遊んでいるみんなを呼びに行ってくれる。

「ユナさん、あいすってなんですか？」

一緒に休んでいるノアが尋ねてくる。

「冷たいお菓子かな？　海は暑いから作ってきたんだよ」

わたしがノアに説明していると、フィナとシュリに呼ばれた子供たちが海の家にやってくる。

「ユナお姉ちゃん、冷たいお菓子ってなに？」

「その前に水分補給して」

「は～い」

子供たちは冷蔵庫に入っている水を飲む。どの子供たちも、日に焼けている。それだけ、海で楽しんでいるってことだ。

わたしは子供たちが水を飲んでいる間にクマボックスから冷凍庫を取り出す。

フィナとシュリが戻ってきたので、２人に手伝ってもらい、アイクリームが入ったカップとスプーンを渡してもらう。

「冷たい」

アイクリームを受け取ったノアはアイスクリームが入ったカップを見る。

「これがあいくりーむ」

「アイスクリームって言って、暑いときに食べるお菓子だよ。溶けるから、早く食べてね」

わたしは自分の分のアイスを取り出すと、ノアの前で食べてみせる。

うん、舌の上でアイスクリームが溶けていく。ノアもわたしの真似をしてアイスをスプーンで掬うと、口に運ぶ。その瞬間、ノアの顔は笑顔に変わる。

「冷たいです。口の中で溶けます。美味しいです」

ノアはアイスクリームを食べていく。

「プリンやケーキのときも思いましたけど、ユナお姉さまが作る料理は不思議なものばかりです」

「そもそも、こんなに美味しいお菓子、王都でも食べたことがないんだけど」

ミサの言葉に、貴族であるシアがアイスクリームを食べながら疑問を口にする。

「シアたち貴族が知らないってことは、やっぱり珍しいのかな」

「はい、知りません」

「食べたことないよ」

これはティルミナさんの言葉じゃないけど、売れば儲かりそうだね。

でも、お金には困っていないんだよね。いっそのこと、お金を集めてお城でも作る？　一瞬、そんなこと考えるが、いらないね。

子供たちが美味しそうに食べる中、料理人は別の視点で食べている。

「ユナちゃん、これはなに？」

「牛乳は使っているみたいだけど」

「卵も使っている？」

ネリンとカリンさん、それからアンズが尋ねてくる。

「簡単に言えば、牛乳と卵で作った食べ物かな？　出発する前にフィナと一緒に作ったんだよ」

「わたしも手伝ったよ～」

フィナだけの名前を出したらシュリが少し頬を膨らませる。

「そうだね。シュリも手伝ってくれたね」

わたしがシュリの頭を撫でながら褒めると、今度は別のほうから抗議の言葉が飛んでくる。

「ど、どうして、作るときにわたしを誘ってくれなかったんですか！」

ノアが「わたしも誘ってほしかったです」と小さな声で訴える。

「作ろうと思ったときに、ちょうどフィナとシュリが家に来たから、手伝ってもらっただけだよ」

さらに母親のティルミナさんもゲットして、４人で作った。

「ユナちゃん。これはお店に出すの？」

アイスクリームを食べているモリンさんが尋ねてくる。

「ティルミナさんにも聞かれたけど、その予定はないですよ」

「そうなんだ。販売すれば売れると思うんだけど」

ネリンが食べながら言う。

「でも、作るなら、ネリンの仕事だよ」

「わたしですか!?」

ネリンは自分の名前を言われて驚く。

「アイスはお菓子の部類だからね。クリームも使うし、アイスケーキもあるから、作るならネリンが作ることになると思う。もし作るなら、教えるけど」

わたしの言葉にネリンは悩みだす。

「いいんですか？」

「別に隠す必要はないし、販売するにしても夏限定になると思うしね。もし作るなら一度に大量に作って冷凍庫に入れておけば、長持ちするし。ケーキより楽だよ」

「う～ん、アイクリームを使ったケーキ」

「まだ、時間もあるし、ゆっくり考えればいいよ」

「はい」

でも、お店でアイクリームを作るようなら、自分で作らなくてすむから助かるかもしれない。

そんなことを考えていると、空になったカップを持ったノアと目が合う。

「ユナさん。もう一つください！」

「まだあるけど。一日1個だよ」

わたしがノアに向けて言うと、いろいろなところから不満の声があがる。

「え～」

「もっと食べたい」

「食べたいよ」

「ユナお姉ちゃん。おかわり」

どうやら、みんなも1つじゃ足りないみたいだ。でも、ここは心を鬼(クマ)とする。

「食べ過ぎてお腹を冷やして、お腹が痛くなっても困るから、これ以上はダメだよ」

わたしの言葉に悲鳴のような声があがる。それを院長先生やリズさんが宥(なだ)める。

流石と言うべきか、2人の言葉はわたしよりも効果があり、素直になる子供たち。

それから、アイスを食べ終えた子供たちはウォータースライダーに乗りに向かう。わたしはそんな子供たちを見送る。

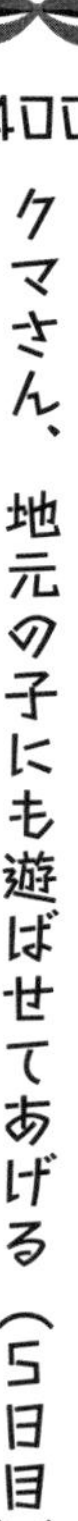

400　クマさん、地元の子にも遊ばせてあげる（5日目）

アイスクリームを食べ終わった子供たちは、元気に遊びに行く。

午後もノアとの約束を守り一緒に遊ぶけど、遊び続けるのは疲れるので、適度に休んだりする。

砂浜に座って、ノアたちが水の掛け合いっこしている姿を見ていると、ルリーナさんがやってくる。

「ユナちゃん、ちょっといい？」

「うん？　なに？」

もしかして、問題でも起きたのかな？

「あの子たちを見て」

ルリーナさんがわたしの後ろを指さす。わたしが後ろを振り返ると数人の子供たちが、こちらを見ていた。

地元の子供たちだ。

「あの子たち、ユナちゃんが作ったクマのすべり台に興味があるみたい。ずっと、あのクマを見ているの。それで、さっきから気になっちゃって。それで、どうしたらいいか、相談しようと思って」

　つまり、あの子たちも遊ばせるかどうかってことだ。

「ユナちゃん、話しかけてきてもらえる？」

「わたしが？」

「だって、ユナちゃん、この町じゃ有名人なんでしょう？」

「そうだけど」

　確かに、知らない大人の人が声をかけるよりは、ミリーラの町ではそれなりに知れ渡っているわたしが声をかけたほうが、驚かれないはず。

　でも、あらためて自分の姿を見る。水着だ。

　たぶん、このまま話しかけても、「お姉ちゃん、誰？」とか言われて、気づかれないのがオチだ。

「それじゃ、着替えてきますね」

「どうして？」

「クマの格好じゃないと、気づかれないからですよ」

　ルリーナさんはジッとわたしの格好を見る。

「……そうね」

　ルリーナさんはなにか、納得した表情をする。

わたしは海の家にいるくまゆるとくまきゅうからクマ装備を受け取ると、いつものクマの着ぐるみを着て、クマのウォータースライダーを見ている子供たちに声をかける。

「こんにちは」

7歳から12歳ぐらいの男の子と女の子が5人いる。

「クマさん？」

「くまのお姉ちゃん？」

やっぱり、クマで反応するよね。

水着の格好だったら、絶対に分からなかったよね。

「もしかして、遊びたいの？」

「うん、楽しそう」

やっぱり、ウォータースライダーで遊びたかったみたいだ。

流石に追い返すことも、ダメとも言えない。

「それじゃ、遊ぼうか？」

「いいの？」

「いいよ。でも、あの子たちと仲良く遊べる？　それから、高いところから、落ちたら危険だから、ふざけたりしないことを約束できる？」

「うん」

「仲良く遊ぶ」

「危ないことはしない」

子供たちは約束してくれる。

わたしは子供たちを連れて、クマさんウォータースライダーに向かう。

「みんな、この子たちも一緒に遊ばせてあげて」

わたしが声をかけると。

「うん、いいよ」

「いいよ～」

と声が返ってくる。

孤児院の子供たちは、素直に受け入れてくれる。

地元の子たちは嬉しそうにウォータースライダーに向かって駆けだしていく。

「ユナちゃん、ありがとうね。もう少し早く気付いて、声をかけてあげればよかったんだけど」

ルリーナさんはお礼を言うとクマさんウォータースライダーに向かう。

孤児院の子供たちと地元の子供たちは仲良く遊んでいる。

大丈夫そうだね。

ひと安心したわたしは、波打ち際でノアたちと遊ぶ。

「ユナさん、いきますよ」

革のボールが飛んでくる。それを打ち返す。まさか、こんなリア充みたいな遊びをするとは思わなかった。

「ユナさん、動きが遅いですよ」

そんなことを言われても、クマ装備がなければ、体力がない女の子に過ぎない。頭で分かっていても体が思った通りに動かない。クマ装備を着ていたおかげで、余計にそう感じてしまう。クマ装備なら、わたしの考えと行動が一致する。思った通りに体が動いてくれる。でも、クマ装備がなければ、チグハグな動きになってしまう。

そして、たくさん動き回ったわたしは、いつもの光景になる。

「ユナさん、大丈夫ですか？」

「もう、ダメ。動けない」

相変わらず体力がなく、遊び疲れたわたしは海の家（クマ）で倒れている。もう、一歩も動けない。

ノアもミサもシアも元気だ。その体力を少しでいいから分けてほしい。

元の世界では引きこもりで、異世界ではパワードスーツのクマの着ぐるみを着ているせいで、生身ではまともに運動をしていない。本当に体力がない。

ボール遊びはクマ靴を履けばよかったかもしれない。

「ユナさんに勝ちました」

「久しぶりにこんなに遊びました」

ノアとミサが倒れているわたしの隣に座る。シアはそんなわたしたちに冷蔵庫から飲み物を持ってきてくれる。

「ありがとう」

「お姉さま、ありがとう」

「ありがとうございます」

わたしたちはシアから飲み物を受け取る。

冷たい水が心地いい。運動して汗をかくのも久しぶりだ。ちなみにシアから日焼け止めを分けてもらったので、日焼けは気にしないで大丈夫。もし、日焼けをしたとしても前回同様に魔法で治せば大丈夫だ。

「わたしはしばらく休んでいるから、3人は遊びに行っていいよ」

「わたしも疲れたので、一緒に休みます」

ノアはそう言うと、ミサとシアも一緒に休むことになった。

わたしは、少し気になったことがあったのでノアたちに尋ねる。

「孤児院の子供たちと仲良くやっている？」

たまに話をしているところを見るけど、基本、ノアはミサ、シア、フィナにシュリと遊んでいる。

「お店にいる子たちとは、お話はしますよ。でも、他の子供たちとはあまり接点がないので、お話はしていません」

まあ、そうだよね。

「それにわたしがいると気を使わせるみたいだから」

ノアは少し悲しそうに言う。

う〜ん、そうなのかな？

見ているぶんにはそうは感じないけど。やっぱり、貴族と平民とでは見えない壁があるみたいだ。

でも、それはしかたないことかもしれない。孤児院では食べるものにも困り、親もいないので苦労してきた子供たちだ。それに引き換え、貴族に生まれたノアは食べるものには困らず、綺麗な洋服に暖かい家で暮らしてる。

なにより領主の娘としての力も持っている。

孤児院の子供たちのほうが、貴族であり領主の娘であるノアと、どう接したらいいか分からないのだろう。昔のフィナがそんな感じだった。ノアは別に威張り散らすような子じゃないけど。それを知らない者にとっては貴族、領主の娘って言葉に恐怖を覚えるかもしれない。

「でも、お店で働く子たちは、普通に接してくれますから大丈夫です」

まあ、何度もお店に通っていればノアの性格も分かってくるからね。

「本当はみんなに同じように接してほしいんですが、難しいです」

「お店の子たちが大丈夫だったんだから、他の子たちも大丈夫だよ。もちろん、ノアが我が儘を言ったりしなければだけどね」

「しません！　……でも、昔のわたしならしたかもしれません。フィナに会って、普通の友達を作るには我が儘を言うだけじゃダメって分かりました。わたしがお願いすると命令になるんですよね。だから、なるべく、自分からお願いするのは控えています。でも、本当にお願いしたいときは言いますよ」

本当に10歳なのかな？

普通はこの年でそこまで理解するのは難しいと思うんだけど。

ノアも日々成長しているってことかな。

わたしたちが海の家で休んでいると、外が騒がしくなる。

「なんだ。あのクマは」

「まあ、クマの嬢ちゃんが作ったんじゃろう」

聞き覚えのある声がしてくる。

「この声はお父様？」

ノアが声に反応する。

海の家の入り口のほうを見ると、クリフとグランさん、それからミレーヌさんが入ってくる。

「どうして、ここにお父様がいるんですか？」

「それにお爺様も」

ノアとミサが2人に駆け寄る。

「仕事だ。それにノアとシアが皆に迷惑をかけていないかと思ってな」

「かけてません」

「かけていないです」

「そうみたいだな」

クリフは海でくまゆるとくまきゅうと一緒に遊んでいる子供たちを見る。わたしが休むのと入れ替えに、くまゆるとくまきゅうには遊びに行かせた。

ノアはクリフの言いつけに従って、くまゆるとくまきゅうと一緒に遊ぶのを我慢している。

「それと、ユナにはシアの件について、礼を言わないといけなかったしな。ユナはいないのか？」

ここにいるよ。ノアの後ろにいるのがわたしだよ。

「ユナさんなら、そこにいますよ」

ノアが後ろにいるわたしに視線を向ける。

「ユナか？　クマの格好してないから。一瞬、誰なのか分からなかったぞ」

まるで、わたしがクマの一部みたいに言うのはやめてほしいんだけど。

やっぱりクマ＝わたしって認識しているってことなのかな。

「それにしても、流石のおまえさんも海ではそんな格好をするんだな」

クリフがジロジロとわたしのことを見るので、タオルで体を隠す。

「お父様、女の子をそんなに見るのは失礼です」

ノアがわたしの前に立って、庇ってくれる。

ノア、ありがとう。

「誤解するな。ユナの格好が珍しかったから、見ていただけだ」

「それでも、ダメです」

「分かったから、怒るな」

クリフはわたしから目を逸らす。

「でも、ミレーヌさんも一緒なんですね」

「ええ、手紙でもよかったんだけど、わたしが行けば、話がスムーズにいくと思ってね。それにミリーラの町の現状もこの目で見てみたかったからね」

「そういえば、クリフが仕事だって」

ミレーヌさんたちの話によると、ミサが住むシーリンの街にも魚介類や塩の流通を考えているそうだ。新しい食べ物が入れば街の活性化にもなる。

どうやら、グランさんが仕事でクリモニアに来たというのはそのことだったらしい。

「クリモニアの領主様と商業ギルドのギルドマスターに、シーリンの街の元領主様まで来る必要はあるの？」

「いつも娘たちに言ってるが、自分の目で確かめねばならないこともある」

「そうじゃよ」

「けっして、遊びに来たわけじゃないわよ」

最後の言葉だけ、信じられないのはなんでだろう。

「それで、嬢ちゃん、あれはなんだ？」

グランさんがクマのウォータースライダーを見ながら尋ねてくる。

「すべり台だよ。高い場所から滑って、海に飛び込む遊具？」

「お爺様、楽しいんですよ。くるくると回ったりして」

ミサはグランさんに手振りを交えて楽しそうに説明する。

「おまえさんはまた、変なものを作ったんだな」

変なものって、みんなに楽しんでもらえるように、いろいろと考えて作ったのに酷い。

「でも、面白そうね」

ミレーヌさんは滑りたそうにしている。

「ユナちゃん。あのすべり台はどうするの？」

「どうするって？」

「ユナちゃんが帰ったあとのことよ」

「片付けるけど」

泳ぐだけじゃ、つまらないと思って作った。なかには泳げない子もいる。だから、ウォータースライダーや海に浮かぶ遊び道具を用意して、楽しんでもらえるようにした。旅行が終われば、不要になるから、帰るときには片付けるつもりでいる。

「あの子たちは地元の子供たちよね」

スク水を着ていない子供は地元の子供たちだ。

「そうだけど」

「それじゃ、あの子たち悲しむわね」

ミレーヌさんに言われて、地元の子供たちを見る。

「うわぁぁぁ！」

「もう一回！」

「待ってよ！」

子供たちの元気な声が聞こえ、ウォータースライダーで楽しそうに遊んでいる。

ミレーヌさんが言いたいことがなんとなく分かった。ウォータースライダーを片付けたら、地元の子供たちが悲しむかもしれない。だからと言って、出したままにしておくわけにはいかない。わたしたちが帰った後に遊んで怪我でもしたら大変だ。

それにウォータースライダーは夏場以外は役に立たない。冬にあっても邪魔にしかならない。

わたしにはどうしようもない。

「そのあたりも相談をしたほうがいいかもね」

ミレーヌさんはそう言って、口を閉じだ。

401 クマさん、町長の家に行く（6日目）

翌日、わたしはクリフとグランさん、ミレーヌさんと一緒にミリーラの町の町長の家に向かっている。

「どうして、わたしまで」

「お前さんがいると、信頼度が変わってくるからだ。俺もミレーヌも、街の復興を手伝ってきたことで信用されているが、お前さんほどじゃない。今回はグラン爺さんの紹介もある。俺の紹介より、お前さんの言葉のほうが信頼を得ることができる。もし、お前さんが、グラン爺さんや、ミサの両親に信頼が置けないと言うならしかたないが」

「言い方がずるいよ。そんなことを言われたら断れないでしょう」

ここで帰れば、グランさんやミサの両親を信じてないことになる。だから、そんな言い方をされたら、断ることができない。

「嬢ちゃん、すまない。シーリンの街にも魚介類や塩を仕入れたい。それから、シーリンから来る商人の受け入れを頼みたいんじゃよ」

「商人って自由に行き来できるんじゃないの？」

「もちろん、自由じゃよ。でも、信頼関係は別じゃよ。その者が信用がおけるか、その者と商売をして利益になるかは、個人で信用を得るのは時間がかかる。それに、クリモニアに派遣されている魚の料理人をシーリンにも派遣してもらいたい。なにもかも互いの信頼が必要になる。だから、わしが自ら来た。でも、それだけでは足りない。だから、嬢ちゃんが得ている信頼を、わしに少し貸してほしい」

「貴族だからといって、上から命令だけをすれば、歪(ひず)みを生む。それでなくても、貴族は好かれないからな」

確かに、初めの頃は、貴族って威張っていたり、人々に権力を振りかざしているなど、よいイメージを持っていなかった。

わたしの貴族のイメージは、グランさんと一緒に街を治めていたバカ貴族そのものだ。あれこそが、わたしが嫌う貴族のイメージであった。

でも、クリフやグランさんに会って、違う貴族もいることを知った。

「あと、わたしたち商業ギルドも連携をとって、協力をしたいと思っているの。手を貸してくれると助かるわ」

「それに集まるのはお前さんの知り合いばかりだ」

「冒険者ギルドと商業ギルドのギルドマスターに、漁業組合の代表、そして、町長ね」

冒険者ギルドのギルドマスターはアトラさん、商業ギルドのギルドマスターはジェレーモさん、漁業組合の代表って、クロお爺ちゃんかな？　町長は確かクロお爺ちゃんの息子さんだっけ？

クロお爺ちゃんの息子さんには会ったことはないけど、ほかはわたしの知り合いばかりだ。

「了解。でも、面倒ごとには巻き込まないでね」

わたしは了承する。

グランさんにもミレーヌさんにもお世話になっている。もちろん、お返しはしているけど、持ちつ持たれつだ。

そんなわけで、わたしたちは町長の家にやってきた。

クリフの言う通り、集まったのはわたしの知り合いばかりだった。補佐役なのか、アトラさんの側に職員のセイさんと、ジェレーモさんの側にアナベルさんがいた。

「このたびは、お集まりくださり、ありがとうございます。クリフ様も遠くから、ありがとうございます」

わたしの知らない男性が挨拶をする。この人がクロお爺ちゃんの息子さんかな？

「無理を言ったのは、こちらだ。感謝する」

クリフが礼を言う。

なんでも、ミサが海に行くことが決まったとき、グランお爺ちゃんも来ることになり、今回の件が持ち上がり、日程が決まったそうだ。

そして、グランさんのことは誰も知らないので、クリフがグランさんを紹介する。

「こちらはシーリンの元領主のグラン・ファーレングラム伯だ。今回のことで来てもらった。人となりは、クリモニア領主であるわたしと、そこのユナが保証してくれる」

そこで、わたしに振る？

「悪い人じゃないよ」

逆に人がよすぎて、街を奪われそうになっていたぐらいだ。

「グラン・ファーレングラムじゃ。よい話し合いができればと思う」

それから、ミリーラの町の代表がそれぞれ挨拶をする。

やっぱり、一番初めに挨拶をした男性は、この町の町長でクロお爺ちゃんの息子だった。名前はアラムというらしい。

「それで、クリフ様の頼みとはシーリンの街まで流通網を広げるってことでしょうか」

「そうだ。その件を話すことができればと思っている」

「それでは、まずは冒険者ギルドの現状を報告させていただいてよろしいですか？」

アトラさんが手を挙げる。

「かまわない」

クリフが許可を出すと、アトラさんは立ち上がり、話し始める。

「現在、クリモニアとの交易によって、人が流れてきています。それによって、町の警備に冒険者を使い、治安を守っています。それに現在もクリモニアへの移動で護衛もありますので、これ以上冒険者を増やすことはできないです」

「現状ではクリモニアまでの護衛だけでかまわない。クリモニアに物が届けば、クリモニアからシーリンへの護衛はクリモニアの冒険者が行う。最終的には、ミリーラからシーリンに直に行ってもらうのが一番だが、街道は確保できていないから、そのあたりは後日となるだろう」

「分かりました」

アトラさんは座る。

すると、次にジェレーモさんの側にいたアナベルさんが手を挙げる。

「ミレーヌさん、わたしからもよいですか？」

「ええ、いいわよ」

「先ほどアトラさんが言いました通り、ミリーラの町を訪れている人は増えています。今まで、漁師たちは自分たちの食べる分だけの魚介類を捕ってきました。ですが、クリモニアに送ることで、捕る量が増えています。ですが、漁師の数は決まっているので、1日で捕れる魚介類、塩、特産物には限度があり、これ以上増やすのは無理かと思います」

確かに、船の数も漁師の数も決まっており、簡単に増やすことはできない。

資源は有限だ。なんでもかんでも獲れば、なくなるし、1日に得られる量も限りがある。もし、クリモニアとシーリンで全て奪うようなことになれば、ミリーラの町の人々が魚介類を手に入れられなくなる可能性もある。

「そのあたりも理解しているわ。ミリーラの町から、全てを奪い取ろうなんて考えていないから安心して」

「それでは、クリモニアとシーリンとしては、どうなさるつもりですか？」

「シーリン、クリモニアから援助金を出して、船を作ります。そして、その船は商業ギルドで管理をしてもらいます。それで、漁業組合には船乗りを育ててほしい」

「つまり、船を貸すということですか？」

「ええ、それで、将来的に船を買い取ってもらってもいいと思っています。借金をして船を購入しても、漁師としてやっていけない人もいると思う。貸し出すなら、新しく漁師になろうと考える人も増えるでしょう。どうでしょうか、クロお爺さん？」

「確かに、若い者が船を手に入れるのは、親や知人から受け継ぐしかない。だが、貸し出しなら、漁師になる者も出てくるじゃろう。じゃが、問題はその貸し出しの金額じゃな」

確かに高ければ意味はないし、安すぎれば船を購入する人はいなくなる。

「そのあたりは漁獲量と相談させていただければと思っています」

「あと一つ。こちらも条件がある。昔から、海のものは世界のものといわれている。捕りすぎると天罰が下ると。だから、ある程度、制限を設けさせてもらう」

確かに、日本でも魚の捕り過ぎが問題になっていた。でも、規模が違うから、比較ができない。

ただ、捕りすぎると生態系を壊すことになるので、よくないことは分かる。

ミレーヌさんがクリフを見て、確認する感じで頷く。

「商業ギルドの観点から言わせてもらうなら、クリモニアへの流通は現状維持で問題はありません。増やしていただける分をシーリンにお願いできればと思います。あまり魚介類をクリモニアに入れすぎると、他のものが売れなくなります。そうなると、同時に、もし魚介類が入ってこなくなったとき、他の物資が足りなくなり、困ることにもなります。なので、若干漁獲量を増やしてもらって、シーリンに送っていただければ問題はありません」

前もって、クリフと話し合っていたみたいだ。

「それから、クリモニアでは新たに魚介類のお店を開くことを禁止しますので、これ以上は増えないと思います」

そこまで決めていたんだ。

確かに、実際に日本でもある食べ物が流行りだすと、一気にお店が増え、ブームが去ると一気に店が潰れるなんてことがあった。そのあたりを制限できるなら心配ないのかもしれない。

「もし、お店を開きたい人がいましたら、シーリンを紹介するつもりです」

「それなら、問題はない」

クロお爺ちゃんは口を閉じる。

それから、話し合いの内容は、塩の生産量を増やすことや、商人の受け入れ、仕事の斡旋。いろいろだ。

魚介類の調理方法などを教える人を派遣することも話し合う。

さらには、ミリーラでトラブルを起こした者などは、二度とトンネルを通らせないことを決めたりした。

トラブルを起こした人間をミリーラに行かせなければ、冒険者ギルドの負担が減るのも理由だ。

「それではクリフ様、グラン様、ありがとうございました。これからもよろしくお願いします」

町長のアラムさんは代表として頭を下げる。

「こちらこそ、よろしく頼む」

終わってみて思ったけど、わたしがいた意味あったのかな？

前にも同じようなことがあったのを思い出した。

402 クマさん、ミレーヌさんと海に行く（6日目）

クリフとグランさんはアトラさんと、ミレーヌさんはジェレーモさんとアナベルさんと、それぞれ話を始める。

そんな中、クロお爺ちゃんと町長である息子のアラムさんがわたしのところにやってくる。

「嬢ちゃんには紹介していなかったな。息子のアラムじゃ」

「わたしは遠くから何度かお見掛けしましたが、あらためて挨拶(あいさつ)するのは初めてですね。アラムです」

年は30代後半から40歳ぐらいの男性だ。

「えっと、ユナです。町長って、大変かと思いますけど頑張ってください」

「本当はやりたくなかったんですよ」

「そうなんですか？」

「父と、それから周りの人に押しつけられた感じです」

「お主以外、いなかったんじゃから、しかたないじゃろう」

「ザンナさんが戻ってきたのだから、任せればよかったんじゃ」

ザンナ？　忘れていないなら初めて聞く名前が出てきた。

「何を言っている。町を見捨てて出ていった者に、町長が務まるわけがないじゃろう。同じことが起きれば、また逃げだす」

「もしかして、前の町長が戻ってきたの？」

話の内容から、ザンナって人物は逃げだした町長っぽい。

「戻ってきた。だが、町を見捨てて、出ていったあやつの居場所はない。住民から恨まれておる。町長は無理じゃ。それに、各ギルドの信用を得ることもできないし、わしも信用はしない」

クロお爺ちゃんは少し怒ったように言う。

「なんだ。前の町長の話か？」

話が聞こえていたのか、アトラさんと話していたクリフが話に入ってくる。

「クリフも知っているの？」

クリフがミリーラの町に来たときにはいなかったはずだけど。

「俺のところに町長に戻してほしいと直談判に来た。だが、追い返してやった。ここは俺が管理する町だ。上に立つ者を、町から逃げ出すような人間には任せられないからな」

「前町長の話？　それなら、わたしのところにも来たわね」

さらに話を聞いていたミレーヌさんも会話に入ってくる。

「そうなのか？」

「ええ、あなたに口添えをしてほしいって頼まれたけど、追い払ったわ」

会ったこともない人物だけど、クリフからも追い払われ、ミレーヌさんからも追い払われ、少しは同情するけど、町を見捨てて逃げだすような人だから、しかたないのかな。

上に立つ人物は信頼が置ける人間でないと困る。

「商業ギルドは信頼関係が大事。信頼が置けない人物とは交渉はしないわ」

「ミレーヌさんからの信頼を得るのは大変そうだね」

「ふふ、ユナちゃんへの信頼は最大値よ」

「確かにな」

「そうじゃな」

クリフとグランさんまでが笑いながら頷く。

「わたしから、ユナちゃんへの信頼は誰よりもしているわよ」

「まあ、町を救ってくれたからな。俺も信頼している」

「命をかけてまで、街を救ってくれた嬢ちゃんを、信頼しないわけがないじゃろう」

アトラさん、ジェレーモさん、クロお爺ちゃんまでが同意する。その後ろではアナベルさんにセイさんまでが頷いている。

なにか、恥ずかしくなってくるんだけど。

それから、町長であるアラムさんもクリフやミレーヌさんの話に加わり、今後のことを話し始める。

そんな中、クロお爺ちゃんだけが、話に加わらずに、少し真面目そうな顔でわたしに話しかけてくる。

「嬢ちゃん、少しよいか？」

「うん？　なに？」

クロお爺ちゃんは確認するかのように周りを見る。

「隣の部屋に行こう」

どうやら周りには聞かれたくない話らしく、わたしとクロお爺ちゃんは部屋から出て、隣に部屋に移動する。

なんだろう。

「嬢ちゃん、ありがとう」

いきなり、クロお爺ちゃんが頭を下げる。

「えっと、今回のこと？　別にわたしは座っていただけだよ」

でも、クロお爺ちゃんは首を横に振る。

「その件じゃない。本当は嬢ちゃんが黙っているようだったら、わしは言うつもりはなかった。でも、知っているのはわしだけじゃや、その知っているわしが嬢ちゃんに感謝の言葉を伝えなかったら、誰も嬢ちゃんに感謝しないことになる」

なんのことを言っているのか、全然わからない。

クロお爺ちゃんにそんなに感謝される覚えはないんだけど。

「ごめん。本当になんのことか」

「動く島の件と言えば分かるか？」

わたしの頭がフル回転で動く。

「えっと、もしかして……」

わたしが動く島にいるところを、見られていた？

「あの島がいつ動くか、見に行っておったんじゃよ。わしは今は仕事もしてないから、暇じゃからのう。それで、あの日も船を動かして、一人で島の近くまで行った。そしたら、空に魔物が現れ始めた。緊急事態だと思った。あんなに大きな魔物が空を飛んでいたからの」

ワイバーンのことだよね。

「海から大きな首のようなものが出てくる。大きな魔物が空を飛ぶ。わしは混乱した。そんとき、島で嬢ちゃんが大きな翼を持つ魔物と戦っているのが見えた」

間違いなくワイバーンと戦っていたところだ。

「嬢ちゃんは町を守るために、人知れずに戦っておった」

別にそんなつもりはなかったけど。

町にワイバーンが向かったら、大変だとは思ったけど。

「見ていたんだ」

「あの空を飛ぶ魔物はなんじゃ。それと、海から出た、長い首は」

「えっと、空を飛んでいた小さい鳥みたいなのは、ヴォルガラスで、大きいのはワイバーンだよ」

「ワイバーン」

「あの島に引き寄せられたみたい」

「あと、海から出た長い首は」

話していいのかな？

「話せないことなのか？」

「う〜ん、わたしも詳しいことを知っているわけじゃないけど。あの島自体が伝説の生物みたい。でも、安心していいよ。危害を加えなければ、何もしてこないから。ただ、海を漂っている島と思えばいいよ。また、数年後に現れるかもしれないけど。今回のように、島には近づかないようにしていれば、大丈夫だと思うから」

「そうか。嬢ちゃんの言葉を信じよう」

「ありがとう」

わたしたちが部屋に戻ってくると、ジェレーモさんがやってくる。

「嬢ちゃん。少しいいかい」

「なに？」

「あの海辺にあるクマについてなんだが」

「ウォータースライダーのこと？」

「そのウォータースライダーのことなんだが、ミレーヌさんと話し合ったんだが、嬢ちゃんが帰ったあとも、そのままにしておいてくれないか」

「実はいろいろな方面から、問い合わせが来ているんです」

アナベルさんが補足してくれる。

「わたしも確認させていただいたのですが、面白い遊具です。できれば町の子供たちに遊ばせたいと思っています」

「それに大人がやっても面白そうだからな」

アナベルさんもジェレーモさんもウォータースライダーを見たようだ。

「それで、先ほどミレーヌさんからお聞きしたのですが、ユナさんが帰ったあとは撤去するつもりだったと」

「ミレーヌさんにも言ったけど、ちゃんと管理する人がいないと危ないからね」

子供は何をするか分からない。高いところから落ちてしまうかもしれない。

「ええ、そのあたりも相談したんだけど、商業ギルドで管理してくれることになったわ」

ミレーヌさんが説明してくれる。

「それに撤去したら、地元の子供たちが可哀想でしょう」

確かに、他にも遊びたい子がいたら遊ばせてあげたい。管理をちゃんとしてくれるというなら、わたしとしても問題はない。

わたしたちは、クマのウォータースライダーについて話し合う。危険な行為はしない、管理者を置くなど、細かい指示を伝える。

そして、ウォータースライダーは、季節が変わり使わなくなったら、わたしが撤去することになった。

まあ、適当に来て、クマボックスにしまうなりすればいいだけのことだ。

そんなに面倒なことじゃないので、了承した。


そして、それぞれの話も終わり、ジェレーモさんやアトラさんなどは、クリフやミレーヌさんに頼まれた仕事をするため、各ギルドに戻っていった。

わたしたちは町長の家を後にすることになった。

「ユナ、助かった。やっぱり、お前さんがいると話がスムーズになる」

「わたし、いただけだよ」

「十分だ。それで、俺はグラン爺さんと町を見回るが、ミレーヌはどうする？」

「せっかく、ミリーラの町に来たんだから、わたしは海に行くわ」

「仕事はいいの？」

「ええ、大丈夫よ。あとは細かい資料を見てからになるからね。その資料集めや、作成はアナベルに任せたから」

つまり、今日はやることはないってことらしい。


わたしたちはクリフとグランさんと別れ、海辺にやってくる。

「ユナちゃん、わたしもウォータースライダーだっけ？　滑ってもいいかしら？」

「いいけど、普通の服じゃ、濡れて、大変なことになりますよ」

「ふふ、それなら大丈夫よ。そのクマの家で、着替える場所はある？」

「あるけど」

「それじゃ、借りるわね」

ルリーナさんは、そう言うと海(クマ)の家の中に入っていく。着替えるって、もしかして、水着？

でも、ミレーヌさんの水着は作っていないはずだ。

そして、しばらくするとミレーヌさんが出てきた。

「……ミレーヌさん、その格好は？」

ミレーヌさんの格好は水着だった。

「似合っている？　でも、少し恥ずかしいわね」

ミレーヌさんはビキニの水着を着ていた。

「似合っているけど、その水着は？　もしかしてシェリーに作ってもらったの？」

「違うわよ。これはテモカさんに作ってもらったの」

「それじゃ、テモカさんに、体のサイズを……」

「サイズはナールさんが測ってくれたわよ。ユナちゃん、何を考えているのよ」

ちょっと、いけないことを考えてしまいました。

でも、男性にサイズを知られるのはどうなんだろう。でも、そんなことを言ったら、オーダーメイドの服なんて作れないから、しかたないのかな。

「でも、テモカさん、水着も作れたんだね」

「ユナちゃんが描いた絵を参考にしたらしいわよ」

テモカさんなら、シェリーに渡した水着のイラストを見ていてもおかしくはない。

それにしても、ミレーヌさんはデスクワークが中心なのにスタイルがいい。出てるところは出ているし。世の中、理不尽なことばかりだ。

「それじゃ、ユナちゃんも、水着に着替えて行きましょう」

わたしがミレーヌさんを見ていると、腕を摑まれ、水着に着替えさせられた。

「ユナちゃんの水着も可愛いわね」

もう諦めて、素直に水着を着る。

今日は一周回って、初日に着たビキニの水着になった。

わたしはミレーヌさんに引っ張られるようにクマのウォータースライダーに連れていかれる。

「ユナちゃんの家と同じで、可愛いクマさんね」

わたしたちはちゃんと列に並び、クマの中に入り階段を上っていく。

「ここは低いので、小さい子供用だよ」

「それじゃ、始めはここから滑ってみましょう」

ミレーヌさんはクマのお腹から出ているすべり台に座る。そして、下に誰もいないことを確認すると滑っていく。

普通に滑り、海に入る。

ミレーヌさんはすぐに立ち上がると、クマの中に入ってきて、わたしのところにやってくる。

「ユナちゃん。面白いわ」

髪までびっしょりに濡れたミレーヌさんは満面の笑みで言う。

「それはよかったよ」

次はさらに階段を上がり、クマの口から滑るウォータースライダーにやってくる。

前に並ぶ子供たちが次から次へと滑っていく。

その中にはフィナやノアの姿もある。

そして、ミレーヌさんの番が回ってくる。

「ふふ、楽しみね」

ルリーナさんは子供みたいな表情をわたしに向けると、ウォータースライダーに座る。

「一応、安全設計に作ってあるけど、気を付けてね」

「ちゃんと、子供たちの滑るところを見ていたから大丈夫よ」

ミレーヌさんは手すりに支えていた手を離すと、滑っていく。左右に揺れ、くるくると螺旋を回り、最後にスロープを滑って、最後は海にバッシャと落ちる。

後ろを見ると、並んでいる子がいるので、わたしもウォータースライダーに座り、滑っていく。

ミレーヌさんと同じように最後は海に落ちる。

何度も滑っているけど、面白い。

でも、何度も滑っていると、もっと面白いウォータースライダーを作りたくなる。

「子供たちが、何度も滑る気持ちが分かるわ」

それから、ミレーヌさんは何度もウォータースライダーを滑ったり、泳いだり、海を満喫していた。

もしかして、仕事を口実に、遊びに来たのかもしれない。

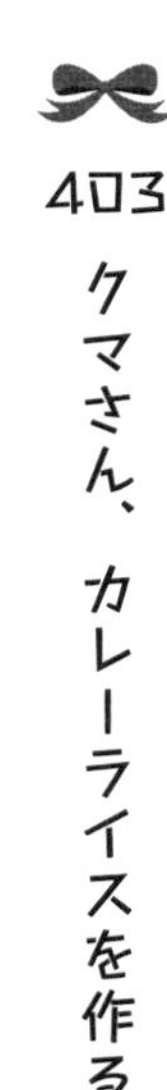

403 クマさん、カレーライスを作る（7日目）

長い旅行はもうすぐ終わり、明日には帰ることになる。最終日のお昼。今日はわたしがお昼ごはんを作ることになった。

「フィナ、そこの玉ネギの皮を剝いたら、こんな感じに切って」

わたしは玉ネギを1つ取って、フィナに手本を見せる。

「はい、分かりました」

フィナは玉ネギの皮を剝いて、言われた通りに切っていく。いつも家のお手伝いをしているフィナは手際がよい。

「アンズはジャガイモの皮を剝いて、このぐらいの大きさで切って」

玉ねぎと同じようにジャガイモを切って、大きさを指示する。アンズも手慣れた感じで切っていく。

わたしはニンジンを取って皮を剝いて、一口サイズに切っていく。

「うぅ、目から涙が出てきます」

フィナが目に涙を浮かべながら玉ネギを切っている。

玉ねぎはわたしがやればよかったかな？

わたしたちが何をしているかといえば、カレーを作っている。

海といえばカレーライスだ。せっかくデゼルトの街でカレーのスパイスも手に入れたので、最終日のお昼にカレーを作ることにした。

だけど、大人と子供合わせて、50人近くいる。とてもじゃないけど、一人で作るのは大変なので、助手として、フィナとアンズに手伝ってもらっている。

これだけの量の食事を毎日作るのは大変だ。でも、アンズやモリンさんたちは毎日食事を用意してくれていた。本当に感謝しないといけないね。

「ユナさん。ジャガイモ、終わりました」

「うぅ、こっちも終わりました」

それぞれが切った材料を持ってくる。フィナは目を擦（こす）っている。玉ネギって涙が出るよね。

わたしは最後に豚肉を切って、下ごしらえを終える。あくまで普通のカレーなので、これ以外の材料は入れない。何より手間がかかるからね。

人数分の下ごしらえを終えると鍋に油をひいて、肉を入れて炒める。そして、肉に火が通ったところで、野菜と水を加える。

作る量が多いので鍋を3つ用意する。あと、辛さを変えるためでもある。

「それでユナさん、なにを作っているの？　野菜の煮物？」

何を作らされているか知らないアンズが尋ねてくる。

「カレーって料理だよ。前回、仕事したときに、スパイスが手に入ってね。海なら、この食べ物だと思って」

「海ならカレーですか？　ミリーラに長いこと住んでいますけど、聞いたことがないです」

「別に海の食べ物ってわけじゃないけど。わたしが住んでいた場所だと、どうしてか、海で食べるものの定番の一つだったんだよ」

もっとも、友達もいなく、引きこもりのわたしが海に行ったことがあるわけではないので、実際に海の家でカレーが売っているのかは知らない。あくまで、漫画やアニメの知識だけど、海の食べ物ではカレーとラーメンが定番になっている。

「カレーって食べ物は分からないけど、ユナさんが作るものはどれも美味しいから、楽しみです」

「美味しいから楽しみにしていてね。ああ、ご飯の準備は大丈夫？」

「大丈夫です。ちゃんと炊いています」

流石（さすが）アンズだ。ご飯のことはアンズに任せ、わたしは3つの鍋を見ながら、アクを取っていく。

「ユナお姉ちゃん。わたしも手伝うよ」

「それじゃ、そっちの鍋をお願い」

アク取りをしながら野菜を煮込む。そして、いい感じになってきたので、火を止め、クマボックスからスパイスを取り出す。

「えっと、この量だから、このぐらいかな？」

分量を確認しながら、何種類かのスパイスを入れていく。

ミリーラに来る前に分量を確認しておいてよかった。

こっちが子供用の辛さを控えたカレーで、こっちが、ちょい辛め、3つ目を辛口にする。つまり、甘口、中辛、辛口って感じだ。わたしは中辛が口に合う。

「なにか、鼻がピリピリします。でも、独特ないい匂いがします」

フィナが鼻を擦る。

「そうだね。鼻を刺激する匂いだね」

アンズがご飯を炊きながらカレーの匂いの感想を言う。

確かに鼻を刺激するカレー独特の匂いだ。でも、それが食欲を刺激する。

「これがカレーのスパイスだよ。ちょっと辛味があるけど、美味しいよ」

わたしは小皿にカレーを入れて、味見をしてみる。

うん、ちゃんとカレーになっている。

本当は福神漬があるとベストなんだけど。流石に用意するのは無理だった。

「ユナさん、わたしも少し味見させてもらってもいいですか？」

わたしは2人に味見してもらうため、小皿にカレーをよそって、アンズとフィナに差し出す。

2人はゆっくりと小皿を受け取り、カレーを口の中に入れる。

「あれ、辛味があって、美味しい」

「色が変だったから、不安だったけど、美味しいです」

「色はスパイスが原因だからね。今、2人が味見したのがこっちの鍋の、辛さ控えめの子供用だよ。それで、こっちの鍋がちょっと辛くして、こっちの鍋が辛さが強めの大人用のカレーだよ」

鍋を見るとそれぞれ色が違う。辛くなるほど、色が濃くなる。

「こっちも味見してみる？」

わたしは一番辛いカレーの鍋を指差す。

「辛いんですよね」

「辛いよ。でも、これはこれで美味しいよ」

わたしは中辛ぐらいが一番好きだ。甘口は物足りないような気がするし、辛口は辛いので味が楽しめない。だから、個人的には中辛が一番いい。

アンズとフィナは辛口カレーに挑戦する。辛口と言っても、子供が食べれないほどの辛さではない。あくまで、わたしの感覚で、レトルトカレーなどの表示で書かれている辛さだ。元の世界ではよく一人でレトルトカレーを食べたものだ。でも、メーカーによって辛さが違うのはやめてほしかった。中辛でも、辛口並みに辛いのもあった。

2人は辛口カレーを一口食べる。

「か、辛いです！」

フィナは叫ぶ。わたしは用意してあった水を渡す。フィナは受け取ると一気に飲み干す。

「う～、辛かったです」

フィナには辛口カレーはまだ早かったみたいだ。でも、アンズは大丈夫みたいだ。塩辛いのに慣れているのかな？　だけど、違う辛さだよね。

「確かに辛いけど、ご飯と一緒に食べると美味しいかも」

「パンにつけたり、うどんと一緒に食べても美味しいよ」

でも、カレーパンやカレーうどんも食べたいな。今度、作ろうかな。

カレーパンやカレーうどんも食べたいな。

でも、ミリーラの町なら、エビや貝やイカを入れたほうがいいかな。シーフードカレーを作るのもいいよね。

ご飯も炊けたので、海辺で遊び子供たちを呼ぶ。

「ごはんだ～」

「お腹減った」

子供たちが集まってくる。

その中にはティルミナさんやゲンツさん、ルリーナさんたちの姿もある。

「今日はユナちゃんが作ったのよね」

「わたしも手伝ったよ」

ティルミナさんの言葉にフィナが訂正する。

「ユナちゃん、フィナは役に立ったかしら？」

「どこにお嫁に出しても大丈夫なぐらい、役に立ってくれましたよ」

「あら、そう？　でも、そんなことになったらゲンツが騒ぐわね。でも、ユナちゃんがもらってくれるのなら大丈夫かしら？」

「お母さん！」

フィナはポコポコと恥ずかしそうにティルミナさんを叩く。

わたしは笑いながら、テーブルの上にカレーが入った鍋と炊いたご飯をのせる。

「それでユナちゃん、なにを作ったの？」

「カレーって食べ物ですよ。ちょっと辛いけど、美味しいですよ」

わたしは一列に並ぶように言い、子供たちから先に配ることにする。隣にいるフィナがお皿を用意し、アンズがご飯をお皿に盛りつける。

そして、最後にわたしがカレーをよそう。子供たちには甘口カレーだ。

「変な匂いがするよ」

「鼻がムズムズする」

「少し辛いかもしれないけど、美味しいよ」

子供たちはお皿を受け取ると、席に戻っていく。そして、隣にいるティルミナさんがコップに水を入れて渡す。カレーには水が必要だ。何だかんだで、辛いからね。

「お代わりもあるから、たくさん食べてね」

カレーを順番に渡していると、ノアたちの番になる。

「ユナさんの手料理、楽しみです。でも、手伝わせてくれなかったのは意地悪です」

「だって、ノアもミサも、料理はできないでしょう」

フィナに手伝いの声をかけたとき、ノアやミサも手伝いを申し出てくれたけど、今回は丁重に断った。

「そうですが。野菜を洗うくらいならできます」

貴族のお嬢様に野菜を洗わせるわけにはいかないし。

それに水を張った桶に風魔法を使えば、簡単に洗えるという裏技もある。

「そういえば、シアは料理はできるの？」

「たまにスリリナと一緒に作ることがありますので、得意とはいえないけど、できますよ」

貴族だから、その手のことはしないと思っていた。

「ミサはやらなそうだね」

「酷いです、簡単な料理ぐらいならできます」

ミサが頬を膨らませながら否定する。

この世界のご令嬢は料理もするんだね。

「それで、辛い食べ物だけど。3種類あるけど、どれにする？」

「一番、辛くないのでお願いします」

「わたしも」

ノアとミサが甘口を選ぶ。

「それじゃ、わたしは2番目に辛いやつにしようかな」

「お姉さま、少しだけ、食べさせてもらってもいいですか？」

「それじゃ、ノアのお皿に少しだけのせようか？」

「いいのですか？」

わたしはノアの皿に、メインは甘口で、少しだけ中辛もよそってあげる。そして、ノアたちの後ろに並んでいたマリナとエルは中辛を選ぶ。本当はわたしの（胸の）敵であるエルには辛口を渡してあげたかったが、目の前で辛さを尋ねているところを聞かれているので、辛口をよそうことはできなかった。


次にやってきたのはルリーナさんとギルだ。

「ユナちゃんの新しい食べ物、ちょっと楽しみね」

「ルリーナさんは辛いのは大丈夫ですか？」

「もちろん、辛いのは大好きよ」

「それじゃ、辛いのにしておきますね」

わたしは辛口カレーをご飯の上にかける。辛口、第1号だ。

「ギルも辛いほうでいい？」

「辛くないやつ」

「…………」

わたしは辛口カレーをよそおうとした手が止まる。

「ギルはこんなに体が大きいのに、辛いのは苦手だからね」

予想外の言葉がルリーナさんの口から出てきた。

「体のでかさは関係ない」

ギルが、体の大きさと辛さへの耐性の関係を否定する。

まあ、確かに関係はないよね。アンズは辛いのは大丈夫だったし。それにルリーナさんも大丈夫みたいだ。性別も関係ない。

とりあえず、ギルには甘口カレーをよそってあげる。

それから、モリンさんとカリンさん、ネリンは中辛を選ぶ。

「わたしは辛いのは苦手だから」

セーノさんにニーフさんは甘口、フォルネさんにベトルさんは中辛。

院長先生とリズさんには甘口。

「ゲンツさんは辛口でいいよね」

「俺も辛くないやつでいい」

ゲンツさんまで、子供用のカレーを選ぶ。

ティルミナさん、フィナ、シュリも甘口を選ぶ。まあ、2人はしかたない。でも思いのほか辛口カレーに挑戦する人が少ない。これでは辛口が余ってしまう。

牛乳を入れれば、辛さを抑えられるかな？

そして、一斉にご飯を食べ始める。

聞こえてくる声はどれも「美味しい」っていう言葉だった。子供たちもお代わりする子もいる。パンにつけると美味しいので、クマボックスからパンも出してあげる。

どこからともなく、カレーの匂いに釣られてやってきたのか、途中からクリフやグランさん、ミレーヌさんがやってきた。

辛口の在庫を減らすために、クリフとミレーヌさんには黙って辛口カレーを渡してあげたら、2人とも美味しそうに食べていたので、少し悔しかった。まあ、食べられないほどの辛さじゃないけど、それなりのリアクションは欲しかった。

ちなみにグランさんには甘口を渡してあげた。お年寄りは大切にしないといけない。

それからグランさんとクリフの護衛をしていたと思われるマスリカとイティアには、ちゃんと辛さの説明をして、渡してあげた。

カレーライスを振る舞った結果、全体的に好評だった。

ティルミナさんに「お店に出すの？」と言われたが「出しませんよ」と言っておいた。流石にこれ以上、食べ物の種類を増やしてもお店が大変になるし、スパイスの確保も面倒だ。定期的に運ぶとしても、運賃が高くなる。

わたしがクマの転移門で毎回買いに行くのも手間だし、カリーナに見つかったら面倒なことになる。

でも、スパイスなら長持ちするから、大量購入すればいいのかな？　確か密封して、冷蔵庫で保存すれば大丈夫だったはず？

まあ、すぐに決めるようなことではない。

ゆっくりと考えればいい。

404　クマさん、夏の風物詩を行う（7日目）

カレーライスも食べ終わり、海で遊べる最後の午後となる。なのに、子供たちはクマビルの掃除をし始めた。誰が言い出したかは分からないけど、帰る前にみんなでクマビルの掃除をすることにしたらしい。

わたしは「別に掃除はしなくてもいいよ」と言ったが、子供たちに「ユナお姉ちゃんへの感謝の気持ちだから」と言われたら、それ以上は口にすることはできなかった。わたしは素直に子供たちの気持ちを受け取ることにした。

子供たちは大部屋から、お風呂場、トイレから外回りなどを手分けして掃除を始める。そんな姿を見た貴族であるノアたちも「わたしもユナさんには感謝しています」と言って自分たちが使っていた部屋や通路の掃除を始める。

フィナもシュリやティルミナさん、ゲンツさんと掃除をしている。

料理担当組はキッチンや食堂、1階の掃除をする。そんな子供たちを見て、大人たちも一緒に掃除に参加する。ルリーナさんとエルが水魔法でクマビルの外壁を洗っているのを見たときは驚いた。

わたしも掃除を手伝おうとすると「ユナお姉ちゃんはしないで」「ユナお姉ちゃんはダメ」「僕

たちがするから、「ユナお姉ちゃんは部屋から出て行って」と言われ、みんながいる部屋から追い出される。

子供たちまで働いているのに自分だけじっとしているのは落ち着かないものだ。部屋を追い出されたわたしは自分の部屋に戻ってくる。

しかたないので、わたしは久しぶりに子熊化したくまゆるとくまきゅうと一緒にベッドの上でゴロ寝をする。

何だかんだで、このひと月は忙しかった。砂漠でスコルピオンと戦っていたのが、かなり昔のように感じる。でも、ついこないだのことなんだよね。

そして、あっという間に旅行は終わりを迎えようとしていた。

7日ほどの旅行だったけど、いろいろとあった。海で遊び、漁師が押し寄せたり、船に乗ったりした。何より動く島、タールグイには驚いた。まさか、あんな生物がいるとは思わなかった。

それにフィナたちを連れているときにワイバーンと遭遇するし、大変だった。隠し部屋ってことでシアたちをごまかすことはできたけど、備えあれば憂いなしとはよく言ったものだ。

そして、何より精神的に疲れたことは、水着選びかもしれない。

それにしても、予想外だったのがクリモニアに帰ることを嫌がる子がいないってことだ。大半の子は早く帰りたそうにしている。

なかでもコケッコウのことが心配だから早く帰りたいと言う理由が一番多い。お店で働いている子たちも早く戻って仕事をしたいそうだ。仕事をしていないことを不安に思っている子が多い。

ちょっと、長く休みすぎたかな？

ゴールデンウィークと思えばちょうどよいぐらいだけど。長期休暇という概念があまりない人たちにとっては、長い休みは不安になるみたいだ。モリンさんもカリンさんもお店に戻りたそうにしているし、アンズたちも時間があればデーガさんのところに行っていたみたいだ。

わたしはこの数日間のことを考えながらゴロ寝をしているうちに、フィナに起こされるまで、くまゆるとくまきゅうと一緒に寝てしまっていた。

そして、クマビルはみんなのおかげで綺麗になった。

その日の夜。海旅行の思い出になればと思って、夏の風物詩を行うことにした。

わたしは全員をクマビルの屋上に連れていく。その中にはクリフやグランさんの姿もある。時間も遅いので眠そうにしている子もいるけど、せっかくだから頑張って見てほしい。

「ユナさん、星でも見るんですか？」

「それでもいいんだけど。ちょっと違うかな」

この世界は空気が澄んでいるので、星がとても綺麗に見える。都内に住んでいたわたしにとっては綺麗な光景でも、この世界に住んでいるノアたちにとっては普通であり、夜空を見上げればいつでも見られる光景だ。だから、わたしは別のものを用意した。

「クリフたちも楽しんでいってね」

「何をするか知らないが、バカなことだけはするなよ」

バカなことってなに？　わたしはみんなに喜んでもらうために頑張るんだよ。

「わたしは楽しみにしているわよ」

ミレーヌさんは楽しそうにしている。

「そうじゃな、嬢ちゃんが何をしてくれるのか、この年になっても、楽しみじゃよ」

グランさんも楽しみにしてくれる。

「期待に沿えるように頑張るよ。それじゃ、ちょっとだけ準備するから、アイスクリームを食べて待っていて」

「アイスクリーム！」

子供たちが反応する。

「一人1個だからね。喧嘩(けんか)しちゃダメだからね。あと見る方向は海のほうだからね。フィナ、あとのことはお願いね」

この中で唯一、わたしが何をするか知っているフィナにお願いをする。そして、階段を使うのが面倒なので、クマビルの屋上から飛び降りる。

わたしの行動に叫び声が上がるが、わたしは綺麗に着地する。

「ユナお姉ちゃん凄い」

「格好いい」

夜中に歓声があがる。

「みんなはマネしちゃダメだからね」

「できません～～～～」

「できないよ～～～～」

「驚かせないでください」

上からノアや子供たちの声が聞こえてくる。ほら、子供ってマネしたがるから一応注意をね。なら、飛び降りるなって話だけど。

子供たちに注意したわたしは海に向かって走りだす。


時は少し遡る。

昨日の夜、食事を終えたあと、部屋に戻るティルミナさんとフィナを呼び止める。

「今日の夜、フィナを借りてもいいですか？」

わたしは保護者であるティルミナさんにフィナを借りる許可をもらう。

「フィナを？　もちろんいいけど」

　ティルミナさんはそう言うと本人の許可を取ることもせずに、フィナの背中を押してわたしにくれるので、ありがたくもらうことにする。

「お母さん！」

　フィナはティルミナさんに向かって叫ぶ。するとシュリがわたしを見る。

「お姉ちゃんだけ？」

「う～ん、ちょっと、遅くなりそうだからね」

「お姉ちゃんだけ、ずるい」

　シュリに教えてもいいんだけど。それはまた今度だ。

「ちょっと、夜遅くなるし、眠くなるからね。フィナとわたしの代わりじゃないけど。一緒に寝てあげて」

　わたしは床にいる子熊化したくまきゅうを抱き上げるとシュリに渡す。

　くまきゅうがいれば寂しくないはずだ。シュリはくまきゅうとわたしを見ると、小さく頷（うなず）く。

「今度はわたしも連れていってね」

「うん、今度は一緒に行こうね」

　そして、隣で話を聞いていたゲンツさんが「なんで俺に聞かないんだ」と小さな声で言っていたけど、聞き流した。だって、どうみてもティルミナさんのほうが決定権がありそうなんだもん。実際にゲンツさんの許可をもらわなくてもフィナをゲットできた。

わたしは手に入れたフィナを連れて、自分の部屋に向かう。

「それで、ユナお姉ちゃん。何をするんですか？」

「うん、ちょっと一人じゃ確認するの無理だから、フィナに手伝ってもらおうと思ってね」

わたしは自分の部屋にある隣のドアを開ける。そこにはクマの転移門が設置されている。

「もしかして、どこかに行くんですか？」

クマの転移門を見ただけで分かるとは、流石フィナだ。察しがいい。わたしはクマの転移門の扉を開ける。フィナを連れて扉を通る。その後ろを子熊化したくまゆるがトコトコとついてくる。

その先はタールグイにあるクマハウスの転移門だ。フィナを連れて外に出る。

フィナがキョロキョロと周囲を見る。

「ユナお姉ちゃん。ここはどこですか？」

フィナが不安そうに尋ねる。先ほどから質問が多いフィナだけど、何も教えていないからしかたない。周りを見ても木があるぐらいだから、ここがどこかは分からない。

「こないだ来た、動く島だよ」

「ど、どうして、ここに？　魔物が……、それにいつのまに家が……」

「魔物ならいないから、大丈夫だよ。家は、こないだ来たときに、この門を設置しておいたからだよ」

フィナが呆れた顔でわたしのことを見る。

「でも、この島で何をするんですか？　やるにしても暗くてなにも見えないです」

確かに暗い。わたしは光魔法でクマの光を浮かび上がらせる。わたしたちを照らしてくれる。

「ちょっと魔法で花火を作ろうと思ってね。でも、一人だと、ちゃんとできているか分からないから、フィナに確認してもらおうと思って」

「……ハナビ？　ハナビって何ですか？」

フィナは首を小さく傾げる。

そうだよね。いきなり花火って言われてもわからないよね。なんて説明したらいいかな？

「えっと、光の魔法を空に打ち上げて、花を作ることかな？」

「空に花ですか？」

フィナは再度、首を小さく傾げて考え込む。

う〜〜〜、説明が難しい。相手が知らないことや、見たことがないものを伝えるのって難しい。

わたしは地面に落ちている枝を拾うと、地面に花火の説明をする。

「えっと、わたしが地上から、光の魔法を空に打ち上げるから、フィナは遠くから、どんな風に見えるか教えてほしいの」

地面にフィナ役の人を描いて、離れた位置にわたし役の人を描く。そして、上に向かって魔法を放つ絵を描く。

「なんとなく分かりました。ユナお姉ちゃんが、光魔法で絵を描くんですね」

まあ、そうなるのかな？

わたしはくまゆるを大きくして、わたしとフィナはくまゆるに乗って移動する。やってきたのはタールグイの頭あたりで、クリュナ＝ハルクの石碑があるところだ。

「それじゃ、クマフォン出して。そうだね、あっちの空を見てて」

わたしはクマさんパペットで空をさす。フィナは言われた通りにクマフォンを取り出す。

「それじゃ、くまゆる。フィナのことはお願いね」

「くぅ〜ん」

わたしは指さした方向に走りだし、フィナがいる場所から離れる。

このあたりでいいかな？

わたしもクマフォンを取り出して、フィナに話しかける。

「フィナ、聞こえる」

『はい、聞こえますよ』

「それじゃ、空を見てて」

わたしは空に向けて光魔法を放つ。

光魔法が上空にゆらゆらと上がって、円を描くように弾ける。

「フィナ、どうだった？　円になっていた？」

『どうだったと言われても、光は横に線上に広がりました。これがハナビですか？』

横に？

「円くじゃなくて」

『う～ん、横に長い円に見えなくはないです』

そうだよ。わたしが下から見て円なら、フィナから見れば、線、もしくは細長い円になるよ。

わたしはバカだ。球体にしないで、輪っかにしてしまった。しかも、下から見た状態だ。

わたしはもう一度、光を打ち上げる。

『今度はちゃんと円になりました！　中心から広がる感じで』

クマフォンからフィナの声が聞こえてくる。

よし、ここから応用編だ。

今度は円を何重にもしたり、くるくると花丸を書くようにいろいろと空に絵を描くように光の魔法を放つ。本来は３６０度どこから見ても同じ形になる花火だが、フィナから見える方向だけにする。見る場所はクマビルだけだから、問題はない。

でも、なかなか上手に作れず、フィナに『これなんですか？』『なってませんよ』『できていませんよ』『見えないです』とたくさんのダメ出しを喰らった。

……でも、最終的には。

『綺麗です』『見えます！』『ユナお姉ちゃん凄いです』『川みたいに流れ落ちてきます』と興奮する声がクマフォンから聞こえてきた。

うん、これなら、大丈夫そうだね。フィナの手伝いもあって花火が完成した。でも、火を使わないのに花火っておかしいよね。だからと言って、他の呼び方が思いつかないので、花火のままにした。

ただ、ネックなのは音がないことだ。いくら、光魔法で弾けるようにしても音がない。炎を交えたりしても、音は出ない。

あと、本当は電撃魔法を使って、派手にしようと思ったが電撃魔法の使用はやめておいた。音は諦めた。

そして当日、海岸までやってきたわたしは、花火もどきを空に打ち上げる。

『なにか光ったよ』

『綺麗』

『うわぁ～～』

『また、上がったよ』

クマフォンから子供たちの声が聞こえてくる。フィナにはクマフォンを握ってもらい、クマ

ビルの屋上からリアルタイムの声を届けてもらっている。

もちろん、酷い言葉が出てきたら、切るつもりだったけど、そんな不安はないみたいだ。

わたしは連続で打ち上げたり、自分で高くジャンプして、左右に光を飛ばしたりする。わたしの格好は黒クマ。ジャンプしても暗闇に溶け込みながら魔法を放つ。

わたしは広がる花火から、流星のような花火。もう、途中から花火じゃなく、光魔法で絵を描く感じになる。そして、子供たちが喜ぶと思って、クマの花火を作ろうと思った。これが一番難しいと思った。でも、イメージをすると、他の動物は難しくてできないのに、クマのだけは簡単にできてしまった。これもクマハウスやクマ魔法と同様にクマ能力の一つかもしれない。

でき上がったクマの顔が夜空に広がる。クマフォンから、子供たちの喜ぶ声が聞こえてくる。

音なし花火だけど大成功で終わった。

でも、ミリーラの住民で見ていた人もいたらしい。何事かと思ったらしいけど、最後のクマの花火を見て、わたしだとわかって、安心してくれたらしい。クマを見てわたしと思う時点で、ミリーラの町ではクマ＝わたしの公式が成り立ってしまっているみたいだ。否定をしたいが、できないところが悲しい。

405 クマさん、クリモニアに帰ってくる（8日目）

翌朝、わたしたちがクリモニアに帰る準備をしていると、いろいろな人が挨拶にやってきた。

まずはジェレーモさんだ。

「ウォータースライダーのことはお願いね」

「ああ、ちゃんと管理するから、安心してくれ。ただ、少し面倒になりそうだがな」

なんでもクリモニアでも宣伝して、旅行者を増やす計画を立てているらしい。

旅行者が増えれば、トンネルの通行料が多く入るし、旅行者が来れば、宿屋、食べ物、特産品にお金が落ち、恩恵を受ける人も増える。

でも、その分忙しくなる人も増えることになる。

ジェレーモさんは「仕事が増えた」と嘆いていた。

警備を請け負っているアトラさんも、少し嫌な顔をしたという話を聞いた。

そのアトラさんもやってきて「今度はわたしがクリモニアに行くわね」と言う。

わたしはこれだけは言う。

「その格好で来ないでね」

胸が強調された肌が見える部分が多い服装で来たら、大変なことになる。

「服を着ると暑いでしょう」

ミリーラでは許されても、クリモニアではアウトだ。

水着だって、砂浜ならいいけど、街中ならアウトなのと一緒だ。

「その格好で来たら、他人のふりをするよ」

「分かったわよ。行くときはちゃんとした服を着ればいいんでしょう」

これで安心だ。


それから、クロお爺ちゃんとダモンさんとユウラさんが来てくれた。漁師たちも見送りに来ようとしていたが、クロお爺ちゃんが止めたらしい。

そのことには関してはクロお爺ちゃんには感謝だ。

でも、クロお爺ちゃんやダモンさんたちも、わざわざ来てくれなくてもよかったのに。

だけど、クロお爺ちゃんは「感謝の気持ちじゃ」と言った。その言葉にはタールグイのことも入っているように感じた。ワイバーンがいたことは、わたしとクロお爺ちゃんだけの秘密だ。

デーガさんは忙しくて宿屋を離れることができなかったので、アンズから伝言をもらっている。「今度は美味しい料理をご馳走してやるから、いつでも来い」だそうだ。

最後に地元の子供たちが孤児院の子供たちを見送ってくれる。一緒に遊んで仲良くなったみたいだ。

離れた町に友達ができたことはいいことだけど、なかなか会えなくなる。せめて、来年も連れてきてあげたいね。

別れの挨拶を済ませたわたしはクマバスを出し、みんなに乗ってもらう。

そこにはクリフとグランさん、それからミレーヌさんの姿もある。

ひと通りの仕事は終わったので、一緒に帰るそうだ。

グランさんはともかく、クリフとミレーヌさんはクリモニアでの仕事が待っているらしい。

「これが、ノアが言っていたクマの馬車か。俺はノアと一緒に、小さいクマに乗ればいいんだな」

「お父様、帰りはくまきゅうちゃん馬車に乗りますので」

行きはくまゆるバスに乗ったので帰りはくまきゅうバスらしい。

クリフとグランさんはノアとシアとミサに連れていかれ、シアのあとをマスリカとイティアがついていく。

ちなみに、クリフたちが乗ってきた馬車は、一緒に来たマリナたちも乗ることになったが、少し問題が起きていた。

クリフとグランさんがノアから話を聞いて、クマバスに乗って帰ることになって、クリモニアから乗ってきた馬車が不要になってしまった。

それで、マリナたちの誰かが乗って帰ることになったが、４人ともクマバスに乗りたがっていた。

マスリカとイティアがクリフとグランさんの護衛だからと言い、マリナとエルはミサの護衛だと言う。最終的には、クマバスに乗ったことがないマスリカとイティアの２人が乗り、クリフとグランさんが乗って来た馬車はマリナとエルの２人が乗って帰ることになった。

２人は悲しそうにしていたが、これも仕事の一つだ。

「わたしはどこに乗ればいい？」

ミレーヌさんが尋ねてくる。

「どこでもいいですよ」

ミニバスには９人乗れる。

ノアたちが乗るくまきゅうバスには、ノア、ミサ、シア、クリフ、グランさん、マスリカ、イティアの７人だし、くまゆるバスもアンズとモリンさんたち料理人の７人だ。さらに言えば、大きなクマバスだって、一人ぐらい乗れる余裕はある。

好きなバスに乗ってもらって大丈夫だ。

「そうね。それじゃ、鳥のことやお店のことで話したいこともあるし、ティルミナさんと一緒に乗せてもらおうかしら」

そう言うと、ミレーヌさんはティルミナさんのところに向かう。

そして、ミリーラを出発したクマバスは、数時間後にはクリモニアの門の前に到着する。従業員旅行は無事に終わった。

クマバスの中で寝ていた子は目を擦りながら帰っていく。元気のある子供はコケッコウに会いに走り出す。その後をリズさんが追いかける。

「ユナさん、今回はありがとうございます。子供たちも楽しかったと思います。ユナさんに会ってから、子供たちに笑顔が増えました。これもユナさんのおかげです」

元気に駆け出す子供たちを嬉しそうに見る院長先生。

院長先生はわたしに小さく頭を下げると、小さい子の手を握り孤児院に帰っていく。そんな姿をクリフが見ている。

「そうだな。俺の監督不行届で、あの子供たちの笑顔を消していたんだな」

クリフは小さな声で呟く。この街のトップであるクリフに責任は無いとは言わないけど、部下だった男が横領をしていた。そのことに早く気付いていればとは思う。

どこの世界でも、トップがしっかりしていても、下が優秀とは限らない。テレビでも会社のお金を使い込んだとかのニュースをよく見た。でも、それを管理するのが上に立つ者の仕事だ。人を扱うのは難しい。

そう考えると、もしお店で働く子供たちが悪いことをしたら、わたしの監督責任になるのかな？　まあ、子供たちが院長先生やリズさんに迷惑がかかるようなことはしないと思うけど。もし、他人に迷惑をかけるようだったら、大人が責任を取るしかない。大人のわたしとか、わたしとか。でも、そうならないようにしないといけないね。

クリフは子供たちの姿を見送ると、グランさんやノアたちを連れてお屋敷に帰っていく。

クリフたちを見送ると、ニーフさんがやってくる。

「ユナちゃん、今回はありがとうね。町に戻って知り合いに会ったら、心につっかえていたものが取れて、一歩踏みだせた気がするの。これもユナちゃんと院長先生のおかげよ」

ニーフさんがお礼を言う。知り合いに会いに行くように言ったのは院長先生だ。わたしはミリーラの町に連れて行っただけで、なにもしていない。

ニーフさんは頭を下げると、小走りで院長先生と子供たちを追いかけていく。

そんなニーフさんをアンズとミリーラ組が嬉しそうに見ている。もしかして、ミリーラに帰りたいとか言い出さないよね。言い出したら、引き止めることはできないけど。

「それじゃ、わたしたちも明日から仕事頑張ろうか」

「お店は明後日からだね」

「ユナさん、楽しかったです。ありがとうございました」

「ユナちゃん、ありがとうね」

アンズたちは手を振ってお店の方に向かって歩きだす。

モリンさん、カリンさん、ネリンの3人もお礼を述べると去っていき、ミレーヌさんは「帰って仕事をやらないと」と言いながら帰っていった。

それから、ルリーナさんとギルはマスリカとイティアと一緒に冒険者仲間として、食事をするそうだ。


最後に残ったのはフィナ、シュリ、ティルミナさん、ゲンツさんだけになる。

「それじゃ、わたしたちも行きましょう」

ティルミナさんはシュリの手を握ると歩きだし、その隣をゲンツさんが歩き始める。

こうやってみると本当の親子になったと思う。

わたしもフィナと一緒に歩き始める。

帰っても一人なので、ティルミナさんに夕食を誘われている。初めは断ったけど、フィナとシュリからも誘われ、最終的には断り切れなかった。

「ユナお姉ちゃん。ありがとう。わたし、ユナお姉ちゃんに会えてから、楽しいことがいっぱいだよ」

フィナがわたしのことを真っ直ぐ見ている。

「お母さんの病気が治って、ゲンツおじさんがお父さんになって、シュリも明るくなって、王都に行って、海に行って、もの凄く幸せ」

「わたしもフィナに会えてよかったよ。フィナに会えて、楽しいことばかりだからね」

「本当？」

「本当だよ」

「ユナお姉ちゃん。これからもよろしくお願いします」

「こちらこそ、お願いね」

「うん！」

フィナは満面の笑顔で頷いた。

本当にフィナと会えてよかった。

 書き下ろし 

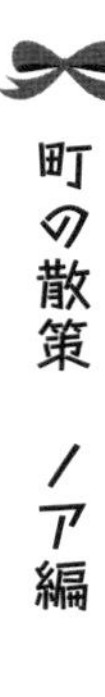

町の散策　ノア編

今日はお父様との約束を守って、町を見て回ることにします。本当は遊びたいですが、領主の娘として、勉強もしないといけません。それが今回、海に行く条件の一つです。

昨日は港で、船の動かし方、漁師さんたちがどのように仕事をしているかを見たり、話を聞いたり船に乗せてもらったりしました。

船に乗せてもらって分かったのですが、船の仕事は冒険者と同じで危険と隣り合わせです。沖に出るほど波が高く、天候が悪いと、もっと船が揺れるそうです。

海に落ちたらとても危険です。実際に落ちて亡くなった人もいるそうです。なので、漁師さんは子供たちに何度も落ちないように呼び掛けていました。

あと、船に乗ると、気分が悪くなる人もいるそうです。わたしは大丈夫でしたが、パン屋さんで働いている知っている子が気持ち悪そうにしていました。

午前中に話を聞いたり船に乗せてもらったのりしたですが、昼食を食べたあとに、魚釣りをしたい人はさせてもらえることになりました。

もちろん、わたしも参加させてもらいました。

網でたくさん捕る方法もあるそうですが、昔ながらの釣り竿で釣ることになりました。

魚釣りは思っていたよりも大変でした。一緒にいたマリナに手伝ってもらって、なんとか釣ることができました。

本当に漁師さんの仕事は大変です。

感謝してお魚を食べないといけません。

ですが、とても良い経験をさせてもらいました。

ちゃんと今回のことを紙に書いてお父様に提出しないといけません。

でも、港のことだけではダメなので、今日はミサとお姉さまと一緒に町を見て回ることにしました。もちろん、わたしたちだけでは危ないので、護衛としてマリナとエルがついてきてくれます。

「ノアお姉さま、どこに行きますか？」

「そうですね。お姉さまなら、どこに行きますか？」

ミサに尋ねられましたが、お姉さまに振ります。

「う～ん、せっかく朝イチで来たんだから、市場は押さえたほうがいいと思うよ。市場はその町の特徴を表すと言うからね」

「でも、魚ぐらいしかないのでは」

「まあ、そうかもしれないけど。そうじゃないかもしれないよ」

確かに、そうです。実際に見たわけじゃありませんから。

「あとはお父様やお母様に言われているように、人を見たり、お店を見たりすればいいと思うよ」

流石（さすが）、お姉さまは慣れています。

「それでは市場に行きましょう」

わたしたちは歩いている人に市場の場所を尋ね、向かいます。

「やっぱり、海で捕れたものが多いですね」

お魚や貝などが並んでいます。

「こうやって見ると、魚や貝にもいろいろな種類があるんですね」

クリモニアに入ってくるものは一部なのかもしれません。

「そうですね。何度か食べていますが、見たことがない魚が多くあります」

この数日、魚を食べたりしましたが、ミサの言うとおり見たことがない魚が多くいます。

「やっぱり、味が違うのかな？」

動物の肉でも、味は違います。

そのことを魚を売っている人に尋ねると、笑いながら教えてくれます。

食べ方が違ったり、季節によって、美味しさも変わってくるといいます。

奥が深いです。

市場では商人が買い付けている姿もあります。

「商人も来ているみたいだね」

馬車を乗りつけて、購入したものを馬車に載せている。

「クリモニアに運ぶのかな？」

普通に考えればクリモニアの可能性が高い。

「シーリンにも運んでほしいです。そうすれば、いつでも食べることができるのに」

ミサが少し羨ましそうに言います。

「今回、そのあたりのことを書けば、おじ様も考えてくれるのではないですか？」

「そうですね。お父様だけでなく、お爺さまにもお願いしてみます」

「そのときにはメリットとデメリットをちゃんと伝えないといけないよ。メリットだけでは、表面的なことしか見ていないって、逆に怒られるからね」

「そうですね。難しいですね」

「まあ、そのあたりの仕事はお父様たちの仕事だから、自分の思いをちゃんと書けば、伝わるよ」

「はい」

それから、わたしたちはどんなものが売買されているか、どんな人たちが購入していくかを確認しました。

市場を確認したわたしたちは、商店街に移動しました。

わたしたちは店が並ぶ通りにやってきます。

服や雑貨、いろいろなお店があります。

クリモニアでも見かけるものから、初めて見るもの、地域によって売っているものは違うようです。

楽しくて、勉強のことを忘れてしまいそうになります。

店先を覗きながら歩いていると、窓枠に興味を引かれるものが見えました。

「ノア、どうしたの？」

わたしが歩みを止めたので、お姉さまが尋ねてきます。

「クマさんがあります」

わたしは窓に飾られているクマさんを指さします。

「本当です。クマさんです。売っているんでしょうか？」

ここは雑貨屋さんでしょうか。

「入ってみましょう」

マリナとエルには外で待ってもらい、わたしたちはお店の中に入り、クマさんが並んでいる棚に移動します。

「確かにクマだね」

　お姉さまが棚に並んでいるクマさんを見ます。

　クマさんは木で彫ったと思われる置物でした。

　大きさも、手の平に乗る大きさから、人の頭くらいの大きさのものまであります。

「可愛いお嬢ちゃんたち、いらっしゃい」

　わたしたちがクマさんを見ていると、お店の女性が声をかけてきました。

「これはなんですか？」

「嬢ちゃんたちは、この町の住民じゃないわね」

「はい。そうですが」

「それじゃ、嬢ちゃんたちには必要ない代物だよ」

「どうしてですか？」

「これは海のお守りだからよ」

「クマなのに海のお守り？」

　クマは森などにいる動物です。海にはいません。

　クマと海が結びつきません。

「この町はクマによって救われたのよ」

「クマに救われたんですか？」

ミサが首を傾げます。

でも、わたしはすぐに思い至りました。

「もしかして、ユナさんのこと？」

「嬢ちゃん、もしかしてクマの格好をした女の子のことを知っているの？」

「可愛らしいクマの格好をした女の人なら、わたしの知り合いです」

「嬢ちゃんたちがクリモニアから来たなら、クマの嬢ちゃんのことを知っていてもおかしくはないわね」

「はい。お友達です」

それとも親友？　でも、お姉さま的な存在のような？

まあ、ここはお友達でいいと思います。

「詳しいことは話せないけど、この町はそのクマの嬢ちゃんに救われたのよ。だから、こうやってクマにあやかって安全を祈願するお守りが売られているのよ」

そういえば、お父様がクリモニアとミリーラの町をつなぐトンネルを、ユナさんが作ったようなことを言っていたことがあります。

それで、お父様がいろいろと大変で、疲れきっている時期がありました。

そのことと関係しているのでしょうか。

「それで、クマの置物なんですか？」

「だから、クリモニアから来た嬢ちゃんたちには、あまり関係ない代物ってことなのよ」

「いえ、そんなことはありません。その気持ち凄く分かります」

「そうです。わたしもクマさんに助けてもらいました」

「わたしも助けてもらったし」

ミサもお姉さまも店の女性に返事をする。

「ミサもお姉さまも、なんとなくズルいです。わたしだけ、助けてもらっていない感じがします」

「一番ズルいのは、クリモニアでユナさんの側にいるノアでしょう」

「わたしもそう思います」

「確かにそうですが」

お姉さまは王都で、ミサはシーリンで暮らしています。ユナさんと一番近くに暮らしているのはわたしです。

「それでどうする。買っていく？」

女性が尋ねてくる。

わたしは改めてクマの置物が並んでいる棚を見渡します。

やっぱりというべきか、ユナさんがくれた可愛らしいクマの置物には負けますが、そのあたりはしかたないですね。

でも、お守りとしては欲しいところです。

「それでは、こちらをください」

わたしは手のひらに乗る大きさのクマの置物を指さしました。

「毎度、ありがとう！」

「それでは、わたしも同じものを」

「2人が買うなら、わたしも買おうかな」

ミサとお姉さまもクマの置物を手にします。

「二人も買うのですか？」

「せっかくだからね。ユナさんのことを知っている学園の友達に、面白いお土産話になるからね」

「クマさんのお守りは効果がありそうなので」

2人がクマさんのお守りを手にするところを見て、いいことを思いつきます。

「あと、この3つもください」

「ノアお姉さま、4つも買うのですか？」

わたしが追加で3つ買うとミサが驚きます。

「フィナとシュリとシェリーの分です。クマさんファンクラブの3人にも買ってあげようと思って」

　わたしたちはお金を支払って、お守りのクマさんを購入して、お店を出ます。

「さっき言っていた、クマさんファンクラブって、確かノアが作った？」

「はい、クマさんを愛する会です。クマさんの情報を共有します。なので、これもその一つです」

「今、クマさんファンクラブって何人いるの？」

「わたしを含めた5人です」

「まだ、それだけなんだ」

「誰でも簡単に入れるわけではありません。クマさんファンクラブ会長であるわたしの審査は厳しいんです」

　初めは1万人を目ざしていましたが、人数より質です。

「それじゃ、わたしも、そのファンクラブに入ろうかな」

「お姉さまもですか？」

「わたしも、ユナさんのこと好きだし、いろいろと助けられているからね。それに情報を共有だっけ。王都でのユナさんの情報はわたしが提供できるよ」

　わたしはお姉さまの手を握ります。

「お姉さま！　ぜひ、入ってください」

わたしはクマさんファンクラブ会員番号6番のカードをお姉さまに渡します。

「6番か」

「会長であるわたしが1番で、副会長のフィナが2番で、ミサが3番で、シュリが4番です。そして、クマさんのぬいぐるみを作ってくれたシェリーが5番です」

「それでわたしが6番なのね」

「他の番号がいいですか?」

「6番でいいよ」

これでユナさんが王都に行ったら、王都での情報が入ってきます。もし、シーリンに行けばミサがいますし、どんどんクマさんの輪が広がっていきます。

でも、この町、ミリーラではクマさんファンクラブの情報を共有できる人がいないのが残念です。

「それじゃ、今日の夜は、お姉さまを交えてクマさんファンクラブ談議をしましょう」

楽しみです。

それから、わたしたちは散策を続け、昼食を食べ終えると、ユナさんと遊ぶため砂浜に向かいました。

クマさんファンクラブ　フィナ編

ミリーラの町に旅行に来たある日の夜、ノア様にクマさんファンクラブ集合と言われて、シュリと一緒にノア様の部屋に向かいます。

「お姉ちゃん、何をするのかな？」

「分からないけど、ユナお姉ちゃんの話をするんじゃないかな」

クマさんファンクラブはノア様が作ったものです。なんでもクマさんの話をする集まりだそうです。わたしもシュリも、その会員です。しかも、わたしが副会長に任命されています。

ノア様の部屋の前に来ると、シェリーちゃんがいました。

「フィナちゃんとシュリちゃん！」

シェリーちゃんは、わたしたちを見ると安心した表情をして、わたしたちのところにやってきます。

「よかった。ノアール様に呼ばれて、どうしようかと思って」

シェリーちゃんもクマさんファンクラブの一員です。

でも、なにか懐かしいです。わたしにもシェリーちゃんみたいなときがありました。初めの頃は、ノア様とお話をするのも緊張していました。

「ノア様は優しいから大丈夫だよ。一緒に部屋に入ろう」

「うん」

ドアをノックするとノア様の声がしてドアが開きました。

「いらっしゃい。待っていました」

ノア様がわたしの手を引っ張って、部屋の中に連れていきます。その後ろをシュリとシェリーちゃんがついてきます。

部屋の中にはノア様の他にミサ様とシア様もいました。

でも、同じ部屋にいるはずのマリナさんとエルさんはいませんでした。どこかに行っているんでしょうか。

「飲み物にお菓子もありますので、クマさんファンクラブ談議をしましょう」

それぞれが椅子に座ったり、ベッドに腰を下ろしたりします。

「まずは、皆さまに紹介しますね。クマさんファンクラブ会員番号6、わたしのお姉さまです」

「シアよ。よろしくね。面白そうだから、わたしも入れてもらったの。王都でのユナさんの情報なら、任せてね」

ユナお姉ちゃん大変です。

ユナお姉ちゃんの行動が筒抜けになってしまいます。

「あと、シェリーのことは知っていると思いますが紹介しますね。会員番号5番のシェリーです。シェリー、ひと言お願いします」

「……えっと、シェリーです。よろしくお願いします」

「それだけですか？　シェリーはクマさんのぬいぐるみを作ったり、水着を作ってくれた女の子です。クマのぬいぐるみが作れるということで、会員になってもらいました」

ノア様がシェリーちゃんに代わって紹介をします。

「シェリーちゃん、あらためてよろしくね」

「は、はい。よろしくお願いします」

シェリーちゃんは緊張しながらミサ様に頭を下げます。

「そんなに、緊張しないでいいですよ。シェリーちゃんは水着を作ってもらった仲なんですから」

「いえ、その、はい」

今のシェリーちゃんの気持ちが、ものすごく伝わってきます。そんなことを言われても無理なんです。わたしも初めのころはそうでした。

「それで、今日は何をお話しするんですか？」

ミサ様がノア様に尋ねます。

「そうですね。あらためて情報の共有をしましょう。フィナがクマさんの乗り物のことを教えてくれませんでしたから」

「それは数日前のことで、お伝えできなかったんです」

「分かっています。なので、あらためて情報を共有しようってことです」

ノア様の言葉でクマさんファンクラブの談議が始まります。

まずクマさんの馬車を作るまでのことを話します。いろいろな馬車に乗ったとか、腰が痛かったと話すと、ノア様は羨ましそうにしています。

楽しそうに聞こえるかもしれませんが、馬車が跳ねたときは、本当に腰が痛かったんですよ。

それからノア様がミリーラの町を散策した話をします。

「町を散策していたら、これを見つけました」

ノア様は袋から小さなクマの置物を出します。

「これは？」

どこかで見たことがあります。

「お店の人の話によると、海に出るときの安全祈願のために作られたクマさんだそうです」

そうです。

海のお守りだと言って、お母さんが笑いながらユナお姉ちゃんに見せていました。

「わたしたちは海に出ることはありませんが、みなさんの分も購入してきました」

シュリが手を伸ばしてクマさんを手にします。

「お母さんが持っていたのと同じものだ」

　シュリの口を塞（ふさ）ごうとしたけど、間に合いませんでした。

　ノア様が楽しそうに出したので、知らないふりをしよう思ったのですがダメでした。

「知っていたのですか？」

　ノア様が少し驚いた表情をします。

「えっと、お母さんも買っていたので」

　わたしは素直に答えます。

「そうなんですね。見つけたのがわたしが先ではないのは残念です」

「でも、フィナちゃんもシュリちゃんも持っていないんだよね」

　話を聞いていたシア様が尋ねてきます。

「はい、持っていません」

「うん、お母さん、くれなかった」

　シュリが欲しがったけど、1つしか買っていなかったので、シュリだけにあげると不公平になるからという理由でくれませんでした。お母さんは「家に置いておきましょう。きっと、わたしたち家族を守ってくれるわ」と言っていました。

「ノア。2人が持っていないなら、問題はないでしょう？」

「そうですね。3人とも受け取ってもらえると嬉しいです」

ノア様があらためて差し出してくれます。

わたしは素直に受け取ります。

「ノア様、ありがとうございます」

「ノア姉ちゃん。ありがとう」

「シェリーもどうぞ」

「あ、ありがとうございます」

わたしたちが受け取ると、シェリーちゃんも緊張しながら受け取ります。

「でも、わたしたちがもらっていいんですか？　シア様とミサ様の分は？」

わたしたちがもらったら2人の分がありません。

「わたしたちも買ってきたから大丈夫だよ」

シア様、ミサ様はそれぞれポケットから小さなクマの置物を取り出します。

「だから、それはフィナたちの分です」

「お守りなので、きっと身を守ってくれますから、大切にしてくださいね」

わたしは、改めて小さなクマの置物を見ます。

なんとなくですが、くまゆるとくまきゅうに似ている感じがします。

「それでフィナに尋ねたいのですが、ユナさんはこの町でなにかしたのですか。トンネルを作ったことは知っているのですが。町の人は救われたと言っていました」

「あのトンネル、ユナお姉さまが作ったんですか？」

ノア様の言葉にミサ様が驚きます。

「これは、クマさんファンクラブだけの秘密ですよ。一応、ユナさんがトンネルを発見したことになっていますが、ユナさんが穴を掘ったそうです」

ノア様は知っていたみたいです。

領主の娘さんなので、聞かされていたのかもしれません。でも、クラーケンのことは知らないみたいです。だけど、ユナお姉ちゃんからクラーケンを倒したことは口止めされています。言ったとしても、信じてもらえないと思います。それにわたしも話を聞いただけだから、詳しくは知らないです。

「えっと、わたしも詳しくは知りません。でも、大きな魔物が現れたのをユナお姉ちゃんが倒したと聞いています」

クラーケンのことは濁して答えます。

「フィナでも詳しく知らないことがあるんですね。でも、それだけの情報でも納得しました。ユナさんはこの町を襲っていた魔物を討伐して、町から感謝されているんですね」

はい、合ってます。

「だから、このクマの置物なんですね」

ミサ様とシア様も納得したみたいです。

それから、ノア様はシア様にお尋ねになります。

「そういえば、海に来る前に、ユナさんは国王陛下に呼ばれて王都に行ってましたが、お姉さまは詳しいことを知っていますか？」

「わたしも詳しいことは知らないよ。ただ、国王陛下の命で、デゼルトの街に行ったことをお母様に聞いたぐらいかな」

「デゼルトの街、ですか？」

ノア様が首を傾げます。

どうやら、ノア様も知らない街のようです。

「王都の南にある街だよ。かなり遠いから、簡単には行けないけど」

「ユナさん、そんなところに行っていたんですね」

わたしはスコルピオンを解体したときのことを思い出す。

あのスコルピオンはそのときに倒した魔物だったんですね。

「フィナ、何か知っているのですか？」

ノア様がわたしの顔を見ます。もしかして、気づかれました？

「えっと、その」

スコルピオンのことは内緒になっています。

でも、ユナお姉ちゃんがデゼルトの街？に行ったことはシア様から知らされました。

なら、少しなら話してもいいのかな？

「……少しだけ、知っています。ユナお姉ちゃんがそのときに、スコルピオンっていう魔物を討伐したそうで、解体を頼まれました。わたしが知っているのはそのぐらいです。でも、このことは内緒なので」

「大丈夫です。わたしたちクマさんファンクラブだけの秘密です。誰にも言いません。もちろん、お父様にもお母様にもです」

ノア様が約束してくれます。

「あのう、フィナちゃん、スコルピオンってどんな魔物なんですか？」

話を聞いていたミサ様が尋ねてきます。

「えっと、体は硬い甲殻で覆われていて、手も硬くて、細い尻尾も硬くて」

うぅ、説明が難しいです。

わたし、硬いしか言っていないです。

「確か、スコルピオンって」

シア様がそう言うと紙とペンを取り出し、紙に絵を描いていきます。

「こんな感じだよね」

紙にはスコルピオンの絵が描かれていました。

「はい、そんな感じです」

とても上手です。ユナお姉ちゃんも絵を描くのが上手かったけど、シア様も上手です。

わたしの説明が下手だったので助かりました。

「怖そうです」

シア様はスコルピオンが描かれた紙を見て呟きます。

「実際に危険な魔物だよ。尻尾には針があって、刺されたら死ぬ危険もあるし、砂に隠れているから、いきなり襲われることもあるんだよ」

「ユナお姉さま、そんな危険なところに行っていたんですね」

「そんな危険なところだから、国王陛下に頼まれたのかもね」

「でもユナさん、そんな遠くまで行って、クリモニアに戻ってきたら、すぐにミリーラに来てたんですね」

そうです。

わたし、そんなことも知らずに、帰ってきて休んでいたユナお姉ちゃんに連絡をして、いろいろとお願いをしてしまいました。

でもユナお姉ちゃんは嫌な顔もせず、話を聞いてくれました。

本当にユナお姉ちゃんは優しい人です。

それから、シェリーちゃんからシュリが着ていたクマの水着などの話をしたりしました。

楽しいクマさん談議はマリナさんとエルさんが部屋に戻ってくるまで続きました。

ノア様はまだ話したかったみたいですが、シュリもシェリーも眠そうにしていたのでクマさんファンクラブ談議は終了しました。

わたしとユナお姉ちゃんだけの秘密が多いので、これからのことを考えると大変そうです。

あとがき

くまなのです。『くま　クマ　熊　ベアー』15巻を手に取っていただき、ありがとうございます。

ついにクマはコミカライズも含むと20冊目となりました。

1巻が発売した当時を思い返しても、ここまで刊行できるとは思いませんでした。いままで応援をしてくださった皆様には感謝の言葉もありません。

今巻ではクマのウォータースライダーを作ったり、アイスクリームを食べたり、海を満喫するユナ。そんなユナは動く島の話を聞き、フィナ、シュリ、シアを連れて探検することになります。

動く島にはいろいろな果物があり、ユナは動く島にクマの転移門を設置しようと画策します。ですが、そう簡単にいくわけもなく、いつも通りにユナにトラブルが襲い掛かってきます。

さらにはクリフとグランさんがミリーラの町に来たり、いろいろなことがありましたが、従業員旅行を無事に終えることができます。

これで従業員旅行編は終わりましたが、ユナの冒険は、まだまだ続きますので、お付き合いいただけると嬉しいです。